アンサンブル

志川節子

徳間書店

アンサンブル

装幀／関口聖司
装画（版画）／羅久井ハナ

一

「中山《なかやま》さん、起きてくださいな」

晋平《しんぺい》の深い眠りは、唐突に書生《しょせい》部屋へ踏み込んできた市子《いちこ》によって破られた。

「お、奥様。な、な」

枕のすぐ横を市子の足が通りすぎ、カラと雨戸が繰られる。晋平の寝ていた四畳半が、ほの白く浮かび上がった。

「ちょいと、これを書き写してくださらない」

従うのが当然といった口調に、晋平はのそのそと身を起こす。はだけた浴衣《ゆかた》の襟許《えりもと》を合わせ、顔の前に突き出されている洋紙の束を手にした。

「何ですか、これ」

市子は問いには答えず、壁際へ寄せられた文机《ふづくえ》の上にあるノートを取り上げ、晋平に断りもなく広げて置いた。天板を小刻みに指で叩《たた》く。

「ほら、早く」

枕元の時計を見ると、まだ五時前だ。夜は明けかかっているが、九月初めのこの時期、日が昇るのはいま少し先だった。

ちぇ、人を顎《あご》で使いやがって。

だが、音楽学校を卒業したものの奉職先が見つからない居候《いそうろう》の身では、不平をいってもいられない。それに、晋平が断れば、神経衰弱《すいじゃく》の気味がある市子がいつものように激して、罵《ののし》りの言葉を吐き散らすのは目に見えている。

いがぐり頭を掻《か》きむしると、晋平は洋紙の束を揃《そろ》えた。七、八枚もあるだろうか、市子が無造作に掴んだらしく、端の方にひどい折り皺《じわ》がついている。万年筆で縦書きされているのはこの家の主人、島村瀧太郎《しまむらたきたろう》の筆跡に紛れもなかった。

まあちゃんへ　キッス
　　　　　　　キッス

ちらりと目に入った文言で、眠気がいっぺんに吹っ飛んだ。

まあちゃんは、小林正子《こばやしまさこ》という女だ。本名、小林正子は知らずとも、女優、松井須磨子《まついすまこ》を知らぬ芝居好きは、世の中にいないといっていいだろう。昨年の明治四十四年十一月、帝国劇場にて上演された『人形の家』で、女主人公ノラを演じた須磨子は一躍、名を挙げた。瀧太郎は、『人形の家』の脚本と舞台演出を受け持った、島村抱月《ほうげつ》その人である。

二人が所属する文芸協会は、今年に入ってズーダーマン作『故郷』を東京で上演したのち、六月には大阪と京都、七月には名古屋で地方公演を打っていた。してみると、これは。目に映っている洋紙が震えた。これは、抱月から須磨子に宛てた恋文——大正元年の当世風にいえば、ラヴレターではないのか。

数え二十六歳になる晋平も、他人《ひと》のラヴレターを目にしたことなど、いままで一度もなかった。

「何をぐずぐずしているの」

部屋の入り口に立って廊下を窺《うかが》っていた市子が、晋平を振り返る。器量は十人並みだが、眦《まなじり》が吊り上がっていた。

「あ、あ、あの、先生は」

「奥で憩《やす》んでいますよ。起きてくる前に、しまいまで書き写さないと。とにかく、急いで」

鋭《するど》い声に弾《はじ》かれるように、晋平は机の前に膝《ひざ》を折った。筆立てから鉛筆を抜き取り、ノートを引き寄せる。

紙に接した芯先が、ボキッと折れた。別の鉛筆を手にする。また折れる。肩に力が入っているのが、自分でもわかる。

「あ、そうだ。これを使って。頭がかあっとなって、うっかりしていたわ」

つかつかと近寄ってきた市子が着物の袂《たもと》から取り出したのは、紫コッピー鉛筆、通称、紫鉛筆であった。おもに役所などで使われる謄写用の鉛筆で、消しゴムをかけても筆跡が消えず、水に濡れると、書いた文字が紫色に変化する。抱月も、重要な書類にはこれで署名していた。

晋平の手が動き始めたのを見て、市子は部屋の入り口に戻った。問わず語りに語り始める。

「昨夜《ゆうべ》も、ずいぶんと遅くまで書斎にこもっていたみたい。私は先に憩んでいたのだけど、寝間に入ってきたうちの人が何やらぶつぶついっているので目が覚めたの。床についてからも、幾度もため息をついていましたよ。しばらくのあいだ、手紙がどうのこうのと呟《つぶや》いていて、それがどうにもおかしな感じで。ええ、妻の勘《かん》ってものでしょうね。それで、さっき書斎をのぞいたら、案の定よ。やっぱり、あの女と別れてなかったんだわ」

晋平は紫鉛筆を走らせながらも、何ゆえ己れがこんなことをしているのかわからなかった。

どうして僕はこう深く思いこんでしまったのだろう。今なんかもう僕の頭は、あなたの外なんにもなくなっています。

あなたのことを思えばただうれしい。世間も外聞《がいぶん》もありはしない。すぐにでも駆けだして抱いてこようかと思うほどです。

あなたはかわいい人、うれしい人、恋しい人、そしてわるい人、僕をこんなにまよわせて、この上はただもうどうかして、実際のつまになってもらう外、僕の心の安まる道はありません。

廊下の奥で障子《しょうじ》を開け閉《た》てする音がして、部屋に足音が近づいてくる。抱月が起きてきたのではと晋平は身構えたが、聞こえてきたのは女中のおみつの声だった。

「奥様、あいすみません。わたし、寝坊して……。いま、朝の支度《したく》にかかります」

「しっ。静かに。寝坊ってほどの時間でもなくってよ。台所はあとでいいから、表を掃《は》いてきてちょうだい。うちの人を起こさないように、そうっとね」

晋平はいくぶんほっとしつつ、おみつが盛大に物音を立てて抱月の目を覚まさせてくれることを願ってもいた。そうすればこんな、見たくもない他人の恥部《ちぶ》を切り取るような役回りから逃れられるのに。

だが、ほどなくおみつが表へ出ていくと、家の中はひっそりとして、耳につくのは紫鉛筆がノートをなぞる音ばかりとなった。


ただあなたがかわいい、忘れられない、恋しい恋しい。こうしてかいてる間でも、筆をやめては抱きあってキッスしている気持になる。

僕も六月十二日も名古屋のあの晩もハッキリおぼえています。それから七月二十五日の晩も大事な大事な日、また名古屋の僕のざしきでの朝、大阪ではあなたが敷ねしてくれたハカマをはく時のうれしさ、それから名古屋で、三幕目に休んでいるとき、ヂット椅子のかたわらでだきしめてる間のムネの動悸《どうき》、ああどうしてこれらの記憶が忘れられよう。


晋平の胸の動悸も、いつしか激しくなっていた。鼓動《こどう》に呼応して、こめかみの血管が狂ったように脈打つ。写し取る文字が大きくなり小さくなり、右へ左へのたくった。

粘ついた汗で、紫鉛筆を握《にぎ》る手が滑《すべ》る。浴衣の膝に手のひらを擦りつけ、紫鉛筆を持ち直す。

宅の書生なんか心配するには及びません。あれは何にも知ってはいない筈《はず》です。それにしても、あなたに人をこわがらせることを教えたのは僕ね。僕がこんな苦しい恋をさせたからのこと、かんにんして頂だい。因縁だと思って頂だい。全くふしぎな恋だとぼくは思う。少なくとも僕にとっては生れてはじめて、こんなに深く深く胸の底からものを思う様になりました。

この恋をとり去ったら僕の命はなくなってしまいましょう。僕もこの恋をはじめてから、人前をつくるというくふうも、いろいろするようになった。

恋はいろんなことをおしえるものね。けれども二人の仲だけは、必ず必ず打ち明けっこよ。死のうと生きようと必ず一緒にすべてすることね。本当の本当の夫婦よ。心も体も一つとなることね。

宅の書生、と自分のことが書かれていてどきりとしたが、そのあと続く文言に、少々かちんときた。心配するには及ばないだと？　何にも知ってはいない筈だと？

あの日、さんざん人を振りまわしたくせに……。

すると、脳みそが沸き立つように熱くなっていた頭が、わずかに冷めた。

これから手紙には、いつでも一番しまいのところを字の上でも何でもかまわないから、べったりぬれるほどキッスして送りっこね。そうするとうけとった方でも、そこをキッスすることね。毎日十二時の思い会いもつづけて下さい。

「まだ？」

市子の苛立《いらだ》たしそうな声が背中に刺さる。

奥様はこれをすべて読まれたのだろうか、と思った。初めからしまいまで読んだ上で晋平に書き写させているのだとしたら、相当に肝が据《す》わっているか、感覚がすっかり鈍磨《どんま》しているかのどちらかだ。

「もうちょっと待ってください。あと少し」

僕の手紙は郵便で大丈夫かしら、そうびくびくしてはしょうがないけれどもね、今夜は一時近くまでかかってこの手紙をかいた。これからねてあなたの夢でもみたい。土曜の晩のようなのでなく、うれしいうれしい夢を、そして抱きしめ抱きしめセップンしてセップンして、死ぬまで接吻してる気持になりたい。

まあちゃんへ　キッス
キッス

「ご苦労さま」

気がつくと、市子がかたわらに立っていた。

腰をかがめて文机の上からノートを拾い上げると、市子はきちんと書き写してあるかをたしかめるように紙葉《しよう》をめくった。それから、ラヴレターを手に取り、ノートのあいだに挟み込んだ。

「わかっているでしょうけど、ノートのことは黙っていてちょうだい。中山さんは、何も知らないふりをしてくださいな」

ノートを閉じて顔を上げる。

「あとで、紫鉛筆を書斎に戻しておいてね」

「奥様、ノートをどうなさるつもりですか」

「さあて、どうしようかしら」

歌を口ずさむようにいって、市子がにたあと笑った。

一人になった晋平は、しばらくのあいだ宙《ちゅう》を見上げて放心していた。

ふと、線香の匂いを嗅いだ気がした。市子の髪や着物に染みついていたのだろう。島村家では先月、四男の夏夫《なつお》を病で亡くしたばかりである。数えで、わずか四つだった。まだ、四十九日を迎えてもいないのに……。これから、どうなっちまうんだろう。

勝手口のほうで物音がしている。おみつが表から戻ってきたようだ。

右手の指先が痺《しび》れていた。見ると、中指のペンだこが赤黒くなっている。いつのまにか、部屋は薄桃色の朝日に染まっていた。

線香の匂いが尾を引いている。

そもそも、抱月があの女に出会わなければ、こうはならなかったのだ。

先生の口から小林正子の名を初めて聞いたのは、いつだっただろうか。

そう、あれは僕が東京音楽学校の本科に上がった年だった。先生の家も、この戸塚村《とつかむら》に越してくる前の、薬王寺前町《やくおうじまえまち》にあった頃で……。

ペンだこをさすりながら、晋平は記憶を振り返る。

二

「相馬《そうま》さん、中山です。清書が仕上がりました」

晋平は、書生部屋と廊下を隔てた向かいにある部屋の障子を引いた。手には、抱月が藁《わら》半紙《ばんし》に下書きしたのを晋平が清書した原稿用紙がある。

『早稲田文学』の編輯室《へんしゅうしつ》は、もぬけの殻《から》だった。四畳半の一室に幾つかの文机が並べられ、その周りに書物や雑誌、新聞などが雑然と散らばっている。背広の上衣《うわぎ》が三着、ばらばらに脱ぎ捨てられていた。

みんなして、また、先生のレクチュアを聞きにいったのだな。廊下の天井《てんじょう》を見上げると、晋平は玄関の右手に付いている階段を上がっていく。

晋平が親戚の伝手を得て長野県から上京し、早稲田大学で教鞭《きょうべん》を執《と》る島村抱月の書生となったのは、明治三十八年初冬のこと。その後、別のところへ寄宿した時期もあるが、明治四十二年、数え二十三歳になったいまは、ここ牛込区《うしごめく》薬王寺前町にある島村家に戻っている。

二階の廊下の突き当たりが、抱月の書斎であった。出入り口のドア越しに、相馬御風《ぎょふう》の声が聞こえてくる。

晋平は控えめにノックし、ドアノブを回す。

「では先生、先生は日本の劇壇《げきだん》がこれからどうなっていくか、また、どうあるべきだとお考えですか」

相馬は手前の椅子に腰掛け、晋平に襯衣《シャツ》の背中を見せている。

新築されて三年ほどになる家は、抱月の意向による和洋折衷の造りで、この一室だけが洋間にこしらえてある。約八畳の広さに絨毯《じゅうたん》が敷き詰められ、南と東に切られた窓には硝子戸《ガラスど》が嵌《はま》っていた。

書斎は応接間も兼ねていて、抱月が書き物をする洋机が壁際に、来客に応対するときの円卓が手前に据えられている。洋机の横にある書棚には、難しそうな書物がぎっしりと並んでいた。

「そうですね……。四年ほど前まで留学していたイギリス、そしてドイツでは、大学や図書館のほか、劇場にもよく足を運んだものです。私が専門とする学問は美学と文学、心理学だが、演劇には欧州文明の背景にあるものの本質、いわばエッセンスが詰まっていますからね。沙翁《さおう》劇に問題劇、無言劇、道化芝居など、およそ三年半のあいだにざっと百八十本は観《み》たけれども」

相馬に応じながら、口髭《くちひげ》をたくわえた抱月が、澄《す》んだ微笑《ほほえ》みを晋平へ向ける。畳摺《たたみず》りの付いた椅子を斜めにずらし、左の肘《ひじ》を机の端へ乗せていた。部屋着にしている紬《つむぎ》の着物が、細身の身体《からだ》にしっくりと馴染《なじ》んでいる。

穏やかな光をたたえた一重の目が、中へ入るようにと晋平を促していた。

部屋には相馬のほかに、片上伸《かたがみのぶる》と白松南山《しろまつなんざん》の姿もある。二十代半ばから後半にかけての三人は、抱月が主宰する『早稲田文学』に評論や詩などを発表するかたわら、編輯にも携わっている。『早稲田文学』は、世間では自然主義文学の牙城《がじょう》と目されていた。

空いている椅子に晋平が腰を下ろすと、円卓の周りに置かれた椅子はすべて埋まった。

「あちらで巷《ちまた》の注目を集めていたのは問題劇、いわゆるプロブレム・プレイでしたね。ノルウェー人のイプセンが書いた戯曲《ぎきょく》はもちろん、イギリスでは彼の影響を受けたジョーンズやピネロ、ドイツではハウプトマンやズーダーマンといった劇作家の戯曲が、多く上演されていたのですよ」

「イプセンの戯曲で、とくに先生が関心を引かれたものは何ですか」

「まずもって、『人形の家』でしょうね」

目下の者に対しても、抱月は丁寧な口調でやりとりする。声はひっそりとしているが、底にはちょっとやそっとでは揺るがない、強靭《きょうじん》な響きが秘められていた。

「『人形の家』が問うのは、旧来の因習《いんしゅう》との決別や、男女のラヴ、誰のものでもない自分の一生をいかに生きるか、といったこと。すなわち、人生の真実が追求されているのです。イプセン調の戯曲で描かれるのは、極端ないい方をすれば旧時代と新時代の衝突です。世の中の仕組みが変わったことで生じる歪《ゆが》みや争いを取り上げ、観る者に問うているあたりが、問題劇と呼ばれる所以《ゆえん》でしてね。日本でも、徳川幕府が世の中を治めていた時代を引きずっている人と、明治に入って文明開化を謳歌《おうか》している人では、物の考え方、感じ方がおのずと違ってくる。ゆえに、問題劇はいまの時代を生きる日本人の心にも響くだろうし、問いを投げかける意味でも、上演されるべきでしょう」

「ほう……」

感嘆ともため息ともつかぬ声が、相馬から洩《も》れた。

「沙翁劇は——シェイクスピアは、どうなんですか」

訊《たず》ねたのは、片上だ。

「シェイクスピアが活躍したのは、日本でいうと家康公が江戸に幕府を開いた時期の前後にあたります。ゆえにあちらでも古典の部類に入るが、いまなお根強い人気がある。いうなれば、歌舞伎みたいなものでしょう。江戸から明治へと時代が移り変わる中で歌舞伎を改良しようとする運動が起こり、演目が見直されたり歌舞伎座が建てられたりしたのと同じく、イギリスでも沙翁劇に新たな解釈が試みられていましたね。まあしかし、シェイクスピア研究に関しては、我が国では坪内《つぼうち》先生の右に出る者はいませんから」

坪内逍遥《しょうよう》は、抱月の師である。逍遥が創刊したものの一時は発行が途絶えていた『早稲田文学』を、留学から帰国して復刊したのが抱月だった。相馬たち三人は大学で抱月に師事し、卒業して編輯部員となっている。

抱月と相馬たちの会話は、晋平にはまるで別の世界の話を聞いているに等しく、ちんぷんかんぷんだった。抱月の書生をしているとはいえ、晋平は早稲田とは縁もゆかりもない。島村家の雑用や『早稲田文学』の編輯作業を手伝いながら、上野にある東京音楽学校に通っている。昨年、予科に入学し、この春には本科ピアノ科へ進んだばかりだ。

もっとも、郷里にいる時分は徳冨蘆花《とくとみろか》や島崎藤村《しまざきとうそん》の小説や詩を愛読し、文学仲間たちと作った同人誌に作文や和歌を寄稿していた。中央で発行されている文学雑誌に、作品を投稿したこともある。抱月にさえ明かしていないが、上京した折には音楽よりも文学を志す気持ちのほうがまさっていたくらいだ。

そうした経緯もあって、当代一流の文士が出入りする島村家での明け暮れは、晋平にとってすこぶる刺激に満ちていた。

西欧文明の背景にあるものを見聞し、味わってきた抱月によるレクチュアは、さまざまな分野に及ぶ。何気ない雑談から文学論に花が咲き、いつしか絵画や彫刻へと移って、演劇、音楽、宗教と話題が広がっていく。本場の舞台で観てきた歌劇《オペラ》や喜歌劇《オペレッタ》の話は、音楽学校の教場で聞く講義の何倍も、晋平の胸をわくわくさせる。

そういうときの抱月には静かな自信がみなぎって、頬骨《ほおぼね》のやや高くなったところに光が宿り、神々しくさえあった。相馬たちがよく「島村先生ほどブリリヤントな方はいない」と称讃する通り、まさに燦然《さんぜん》と輝いているのである。

おそらく今日も、編輯部員の誰かが抱月に相談したいことがあって二階へ上がり、しばらくしても戻ってこないので別の誰かが様子を見にいき、しまいには三人全員が書斎に集まることとなったに相違ない。もともとが師弟《してい》の間柄であるゆえか、そこには編輯部というよりも寺子屋や学塾といったような空気が漂っている。

幼い時分から芝居といえば歌舞伎、それも実家近くにある神社の境内《けいだい》へ巡業にやってくる宮地芝居《みやちしばい》くらいしか観たことがなかった晋平も、ここで抱月のレクチュアを聞きかじるようになって、昨今は芝居のことを演劇、役者のことを俳優、演劇を活字にした文学作品のことを戯曲と呼ぶのが当世風なのだと知った。

そんなことだけでも、自分が時流の最先端をいく人物になったような気がしてくる。長野では小学校の代用教員をしていたが、思いきって職を辞し、東京へ出てきてよかったと、晋平はつくづく思う。

「ところで、先生。文芸協会の演劇研究所は、生徒が集まりそうですか。先週、大学の構内で試験があったとうかがいましたが」

相馬が話の向きを変えた。

逍遥が会長、抱月が幹事を務める文芸協会では、このたび演劇研究所を設《もう》けて俳優の養成に乗り出そうとしていた。入所者を募る規程が、文芸協会の機関誌である『早稲田文学』にも載ったので、晋平も詳細を心得ている。

規程には、中学または高等女学校卒業程度の学力、舞台映えする容姿、演技力ともいうべき天稟《てんぴん》、音声、操行、健康といった試験項目が掲げられていた。試験に合格すれば研究生となり、修了年限は二年である。

「試験を受けたのは、ざっと三十人ばかりいましたかね。協会からは坪内先生をはじめ、幹事の土肥《どい》と東儀《とうぎ》、そして私が立ち会って、作文と英文の訳読、面接にあたりました。来週にも合格者を発表しますが、まずは十四人が採用される予定です。そのうち二人が、女でしてね」

「ほう、女が二人と。いったい、女で試験を受けたのは何人で」

片上の上体が、ぐっと前に傾《かたむ》いた。

「二人ですよ。受けたのも、受かったのも二人。この数年でこそ、東京俳優養成所や帝国女優養成所ができているが、そもそも日本では役者が河原乞食などといって蔑《さげす》まれてきた経緯がある。私からすれば偏見以外の何ものでもないが、ともかくそうした下地があるところに、女で役者を志《こころざ》すというのは、並大抵のことではないでしょう。試験官は、二人の度胸というか、強固な意志を見込んだわけです」

「女優になりたいと志願するくらいだし、二人とも美人なんでしょうね」

白松が顎を撫《な》でながら訊ねると、抱月はわずかに首をかしげる。

「五十嵐芳野《いがらしよしの》という女はそれなりに垢抜《あかぬ》けているが、もう一人の小林正子は十人並みといったところです。英文の訳読を採点したのは私だが、この小林の答案用紙が、見事に真っ白でね。さすがにこれを通すことはできないだろうと思ったが、健康の面を坪内先生が可となさった。たしかに大柄な体格で、舞台に立てば動きが大きく見えるかもしれない。そう思い直して、今しがたいったように、度胸と意志を買うことにしたのです。それにしても」

抱月が机から肘を離し、両腕を組んだ。

「片上君と白松君は、我が編輯部員であると共に、早稲田大学の講師を務める身です。教養も身分もある者が、女、女と浮かれ騒いでいるのは感心しませんね。文芸協会の演劇研究所は、男女共学の俳優養成学校という点では本邦初なんです。協会は、あえて男女共学にして知的水準の高い俳優を育て、役者を蔑視してきた日本の風習を覆《くつがえ》そうとも考えている。この新演劇運動が、風紀の乱《みだ》れによって世間からの信用を失うようではいけないと、坪内先生が心を砕《くだ》いておられるのは、まさにそこのところでしてね。規程にわざわざ操行の一項が設けられたのも、そうした配慮をなさってのことなんですよ」

抱月がわずかに眉をひそめると、片上と白松はきまり悪そうにぼんのくぼへ手をやった。

「それはそうと、中山君の用向きは何だったのかな」

ふいに、抱月の目が晋平へ移る。

「あの、清書した原稿を、相馬さんに……」

「いかん、そうだった」

だしぬけに相馬が立ち上がり、晋平を振り向いた。いまの今まで、晋平がそこにいることに気がつかなかったという顔だ。

片上と白松も、そわそわと腰を上げた。

「先生のお話が面白くて、つい……。これでは、徹夜をしなくちゃならんかもな」

「編輯室に戻るぞ。ほら、中山君も」

書斎を出た晋平は、相馬たちと階段を下りていく。

「家内に申し付けて、今夜は蕎麦の出前でも取りましょうか」

後ろから、抱月の愉快そうな声が追いかけてきた。

三

五月に入ると朝晩の冷え込みも和《やわ》らぎ、日中は汗ばむ日もあるようになった。

日曜日の昼下がり、晋平は表へ出掛ける島村夫妻を玄関で見送った。

「中山君、いつものように新宿から甲武《こうぶ》鉄道に乗って、武蔵野《むさしの》あたりを歩いてこようと思います。遅くならないうちに帰ってくるつもりだが、暗くなって子供たちが腹を空かせているようなら、きみも一緒に食べていてくれて構わないからね」

「はい、先生」

「中山さん、留守を頼みますね。春子《はるこ》が、部屋で下の子たちの面倒をみていますから……。奥にはおみつもいるし」

「奥様、かしこまりました」

神経衰弱を患《わずら》っている市子は、日ごろから何かと気が塞《ふさ》ぎがちである。そんな妻を思いやり、抱月は休日になると市子を郊外へ連れ出していた。

「じゃあ、行ってくるよ」

「お二人とも、気をつけて行ってらっしゃい」

門口に立った晋平は、通りを歩きだした夫妻の後ろ姿を、少しばかりこそばゆい心持ちで眺めた。二人とも着物姿だが、抱月の背中には数えで二つになる三男、真弓《まゆみ》が紐《ひも》で括《くく》りつけられている。お腹に赤子がいる市子を気遣ってのことだろうが、周囲の目をものともせず子供をおんぶして外出できる父親を、晋平はほかに知らない。家にいるときも、真弓のおしめを嫌な顔もすることなく換えている。

理知的で、ブリリヤントで、よき家庭のお父さん。それが、晋平から見た島村抱月だった。

書生部屋に戻った晋平は、文机の前に膝を折った。うすく埃《ほこり》を被《かぶ》っている硯箱《すずりばこ》の蓋《ふた》を開け、墨を磨《す》る。さらさらしていた水が黒く粘りを帯びるにつれ、心が少しずつ重くなってくる。

郷里の兄に金の無心をするのは、これで幾度目になるだろう。

どんな学問であれ、高等教育を受けるには金がかかるものだが、ことに音楽や美術を学ぶとなると、より高額な学費が必要になる。東京音楽学校の授業料は、本科で一年間に二十円。そのほかにも教科書や楽譜代、ノートなどの学用品代が入り用だ。ピアノやヴァイオリンなどの器楽を専門にすると、楽器がなくては始まらない。牛込から上野までの電車賃も要る。

晋平は島村家から一円五十銭の月給を受け取るほか、いわゆる出世払いとして月々二円ほどを借りさせてもらっていた。音楽学校を受験するのに中古のオルガンを買った折は、それらとは別に借金をしている。

それでも足りない分は、実家を頼るほかないのだ。

実家は晋平が七歳のときに父が亡くなり、母が女手ひとつで四人の息子たちを育てなければならなかった。母は養蚕《ようさん》や機織《はたお》りで生計を立てたが、中山家は常にかつかつの状態であった。二人の兄がいる晋平も高等小学校を途中で退学し、一度は小諸《こもろ》の呉服屋へ奉公に出されている。その後、学業に復することができ、十六歳で高等小学校を卒業した。

実家を継いだ上の兄は郡役所に勤めているものの、暮らしぶりがすっかり上向いたわけではない。東京で音楽を学ぶ晋平のために親戚をまわって金を借り、三円、五円と送ってくれていた。

そんな兄にたびたび金を無心するのが、晋平は心苦しく、情けなかった。鉛筆ではなく毛筆で手紙をしたためるのは、せめて礼儀くらいはきちんとしておきたいからだ。

ため息をつくと、ぐう、と腹の虫が鳴いた。夕食までは、まだ何時間もある。

抱月がさほど食べ物に頓着《とんちゃく》しないせいか、島村家の食事は質素《しっそ》なものだった。かつかつの中で育った晋平がいうのだから、偽《いつわ》りではない。お菜の味付けも薄く、白い飯が進まない。おかげで四六時中、腹が空いて仕方がない。

金も足りないし、食事も足りない。まったく、ないない尽くしだ。

晋平は筆先を墨汁に浸すと、母がこしらえた煮豆と漬物も送ってくれと手紙に書き加えた。

「中山さん、何を書いてるの」

後ろから話し掛けられ、晋平は心臓が口から飛び出るかと思った。

「お、お春坊……。部屋で、みんなといたんじゃなかったのかい」

さりげなく身体を傾け、手紙に被さるような恰好《かっこう》になる。食事が貧相だから食べ物を送れなどと書かれたものを、当の島村家の娘に読まれては厄介だ。

「本を読んでやってたんだけど、つまらなくなったみたいなの。震也《しんや》が、晋平兄《あん》ちゃんと遊びたいっていいだして……」

春子が部屋の入り口を振り返る。頭の後ろに、大きなリボンを着けていた。島村家の長女で数え十三歳、高等小学校に通っている。

「みんな、廊下にいるのかい。こっちへおいで」

晋平が声を掛けると、三人の子供たちが部屋に入ってきた。十一歳の君子《きみこ》、八歳の震也、四歳の秋人《あきと》である。

「中山さん、ごめんなさい。お邪魔でしょう」

「君ちゃん、気にしなくていいんだよ。震ちゃん、何をして遊ぼうか」

「えとね……。しゅっしゅっ、ぽっぽっ」

いくぶん舌足らずな口ぶりで、震也が応じた。

「そうか、『鉄道唱歌』だな」

フンフフ、フッフン、フンフフフン……。

晋平は鼻歌、音楽学校の生徒らしい言葉にするとハミングで、メロディーをなぞってみせる。

「秋ちゃんも、それでいいかい」

「うんっ」

「よし、晋平兄ちゃんに任せてくれ」

書きかけの手紙を裏返しに伏せ、机の横に据えられているオルガンの前へ移った。

前奏のあと、子供たちがうたい始める。

「きぃてき、いっせい、しんばしを……」

震也を先頭にして四人が列になり、両腕を汽車の車輪のように動かしながら、部屋の中を練り歩く。春子と君子はいささか恥ずかしそうにしていたが、楽しそうに歌を口ずさむ弟たちにつられて、だんだんと歌声が大きくなっていった。

子供たちの笑顔を見ていると、伴奏するこちらまで嬉しくなってくる。晋平は、しばしのあいだ空腹を忘れた。

「次は、お父ちゃまのお部屋ぁ、お父ちゃまのお部屋ぁ」

やがて、震也たちはうたいながら書生部屋を出ていった。

「中山さん、ありがとう。震也も秋人も、中山さんにオルガンを弾《ひ》いてもらって『鉄道唱歌』をうたうのが大好きなのよ」

部屋に残った春子が、廊下で響いている歌声に目許を笑わせている。

「長野で代用教員をしていたときは、いつもあんなふうに唱歌の授業をしていたからね。子供の喜びそうなことが、なんとなくわかるんだ」

「中山さんは、上野の音楽学校を受けるために小学校の先生を辞めて、東京に出てきたのでしょう」

「そうだよ」

「どうして、音楽の勉強をしたいと思ったの」

「そうだなあ……。きっかけは、ジンタかな」

「ジンタ?」

「郷里にある新野神社《しんのじんじゃ》では、毎年の祭礼で式三番叟《しきさんばそう》や獅子舞《ししまい》が奉納されるんだが、僕は子供の頃からお囃子《はやし》の笛を吹いていたんだ。そうしたところへ、あるとき、町からジンタがやってきた。ラッパ、クラリネット、トロンボーン、それに太鼓といった小さな楽隊だ。軍艦マーチが流れたときは、びっくりしたなあ。いや、そんな生易しいものじゃない。脳天が雷に打たれたようにびりびりっとなって、しばらく口を開いたままだった。自分の知っている俗謡や民謡とは、まったく違っていてね」

赤いズボンに、金モールの飾りがついた上衣。晋平の目に、楽隊のハイカラな姿が浮かび上がる。

「そんなわけで、西洋音楽にすっかり心を奪われちまったんだ。ちょうど、いまのお春坊と同じ齢頃《としごろ》だったたな」

「へえ、わたしと同じ齢頃」

「『鉄道唱歌』ができたのも、たしか、その頃だよ。ともかく、西洋音楽をやってみたいと思ったんだ。でも、田舎にいたんじゃ教えてくれるところがない。高等小学校を出たあと代用教員になって、さっきみたいに授業で『鉄道唱歌』を子供たちに歌わせたりもしたけど、それだって我流で、じつのところは自信がなかった。それで、上京して本格的に学びたくなったんだ」

「ふうん」

「それにしても、なぜそんなことを訊くんだい」

「わたしも、来年は高等小学校を卒業するでしょ。高等女学校に進むか、それともほかに進みたい道があるなら、専門の学校を手続きしなくてはと、お父さまがおっしゃるの」

「ふむ、そういうことか。お春坊には、何かこうしたいっていう希望はあるのかい」

「ううん、全然。そんなの、考えたこともなくて……」

春子が戸惑ったようにうつむいた。その気持ちは、晋平もわからないではない。女に学問は必要ないという風潮が定着している日本で、抱月は洋行帰りでもあるせいか、ずいぶんと進歩的な考えを持っているのだ。

「卒業まではまだ間があるんだし、ゆっくり思案すればいいんじゃないかな」

「そうね……、そうするわ」

家の奥から、春子を呼ぶ震也たちの声が聞こえてきた。

「はぁい、いま、行きますよう」

廊下のほうへ応えておいて、春子はいま一度、晋平に礼をいうと部屋から出ていった。

四

音楽を志して長野から出てきた晋平だが、そのかたわら文学への関心も旺盛《おうせい》で、『早稲田文学』の編輯作業を手伝うのは楽しかった。

十月半ば、晋平がゲラ刷りの校正をしていると、抱月に確認しなくてはならない箇所が幾つか出てきた。夜の帰宅を待っていたのでは印刷所が閉まる時間に間に合わないので、編輯主任の相馬とも相談し、二人で文芸協会の演劇研究所を訪ねることにした。抱月は早稲田大学の講義を終えると、その足で演劇研究所へまわるのが日課になっているのだ。

五月に開所した当初は仮校舎を使っていた演劇研究所も、九月からは坪内逍遥邸の敷地内に新築された校舎で授業を行っている。研究生も追加の募集によって三十名ほどに増えていた。

抱月の家を出た晋平と相馬は、二十分ほど歩いて余丁町《よちょうまち》にある坪内邸に着いた。鉄格子の付いた門扉を押し開けて入っていくと、正面に真新しい木造校舎が建っている。間口五間《けん》ほどの平屋建てで、田舎にある小学校のような佇《たたず》まいだ。

庭を隔てた向かいには、逍遥の一家が生活を営む母屋《おもや》がある。どっしりとした寄棟屋根を戴く総二階建てで、お屋敷とか邸宅というのがぴったりな家構えだ。演劇研究所の校舎を建てるにあたっては、逍遥が自邸の庭を無償で提供し、建築費用の一部も自分のふところから出したのだと、晋平は抱月から聞いている。

敷地のどこかに植えられているのか、金木犀《きんもくせい》が香っていた。

日ごろから、坪内邸の母屋には抱月の遣いで幾度も出入りしており、建築中の校舎も目にしていたが、晋平が出来上がった建物の中に入るのは、これが初めてだ。

「ごめんください」

玄関で訪《おとな》いを入れ、受付の小さな窓を硝子越しにうかがうものの、事務室に人の姿は見当たらない。

「誰もいませんね。住み込みの小使《こづかい》さんがいると聞いていますが……」

「授業は夕方の六時からだし、いま時分は校内の掃除でもしているのかな」

ふと、晋平は耳を澄ました。

「相馬さん、いま、物音がしませんでしたか」

「たしかに……。奥のほうだな」

相馬が靴を脱ぎ、框《かまち》に並べてある上草履《うわぞうり》に足を入れた。晋平も、履《は》いている下駄《げた》を脱いで校舎に上がる。

廊下を進んでいくと、ドタン、とまた聞こえた。

「中山君、こっちだ」

入り口のドアが開いた部屋を、相馬が指差している。

そろそろとのぞいてみると、中は三十畳ほどの板間で、入り口とは反対側に設けられた舞台上に、若い女が立っていた。色が褪《さ》めたような銘仙《めいせん》の着物にメリンス友禅《ゆうぜん》の帯を締めた身なりで、両手を上げたり下げたりしている。束髪《そくはつ》に結《ゆ》った頭が、時折、左右へ揺れる。

女が足で舞台を踏み、ドタンと音が響く。両手を大きく振りかぶり、いっきに下ろす。勇ましいこと、この上ない。まるで、鉞《まさかり》を振りまわす金太郎だ。

女が手にした扇子《せんす》を開くのを見て、これは踊りなのだと晋平は気がついた。自身は忘我の境地にあるとみえ、一心不乱に手足を動かしている。女の位置は入り口からけっこう離れているのに、荒い息遣いが聞こえてきそうだ。

晋平の横で、相馬もあっけに取られている。

十五分ばかりも踊っただろうか。女は扇子を折り畳んで帯のあいだに挿《さ》し、首に垂《た》らした手拭いで額《ひたい》の汗をぬぐうと、舞台の端に置いてある風呂敷包みから本を取り出してきて開いた。

「ツビー、アノッ、ツビー。ザツ、クエッショ……」

「こんどは何だ」

大声を張り上げている女に、相馬が眉をひそめる。晋平も首をひねったとき、女の白い顔がきっとこちらへ向いた。

「ちょいと、あんたたちっ」

女は舞台から降りると、矢のように間合いを詰めてきた。

「そんなところで、こそこそとのぞき見なんかして……。部外者は入ってきちゃいけないのよ。出ていってください」

汗まみれになった女の体臭がむんと押し寄せてきて、晋平は思わず上体を後ろへ引いた。

「我々はあやしい者ではありません。自分は『早稲田文学』の編輯主任をしている相馬といいます。島村先生に用事があって訪ねてきたんですが、受付にどなたも見えないので、入ってきてしまいました」

女の肩がいくぶん下がった。

「ま、『早稲田文学』の……。あたしは小林正子、ここの生徒です。授業が始まる前に、これまでのお浚《さら》いをしていたんですの」

「そうでしたか……。して、何のお浚いをしていたんですか。踊りはわかりますが、本のほうはちょっと」

「『ハムレット』です」

「『ハムレット』……。ああ、トゥビー、オア、ノット、トゥビー。ザッツ、クエスチョン。有名な、あの台詞《せりふ》ですか」

「ええ、そうですわ」

正子がわずかに胸を反《そ》らした。肥《ふと》っているというのではないが、肉付きの厚い胸だ。

「失礼ながら、英語はどちらで学ばれたのですか。いささか発音が間違っているようだ」

相馬の声が困惑していた。

「英語の勉強は、この研究所に入って、ＡＢＣから始めました」

「えっ。まったくの初心者が、いきなりシェイクスピアの原書を？　いくらなんでも、無茶だ。いえね、あなたが研究所に入るときの英語の試験で、ほとんど白紙の答案を出したことは島村先生からうかがっていますが、まさかＡＢＣすら知らなかったなんて」

「いけませんか」

正子の声に、噛みつくような響きが混じった。

「いけないというより、授業についていくのが容易ではないでしょう」

「坪内先生をはじめとする先生方は、あたしが英語ができないことを承知で、試験に合格させてくださいました。だからこうして、猛勉強してるんです。じゃあ、何ですか。相馬さんは、英語ができない人は女優になっちゃいけないとでもいうんですか」

さっきの踊りも勇ましかったが、それよりも迫力があった。

「いや、そういうわけでは……」

たじろいだように、相馬が口をつぐむ。

「あたし、こう見えて一度、結婚に失敗してるんです。いまは二番目の亭主と暮らしてますけどね、結局、誰と一緒になったところで毎日おさんどんして相手のご機嫌を取って、うかうかとお婆さんになって死ぬのかなって、あるときそんなことを考えたら、たまらなく寂しくなったんですよ。学校は芝にある裁縫学校に通ったくらいで、英語なんてからっきし。この齢《とし》になって一から勉強するのはおおごとですけど、のんべんだらりと生きていく寂しさに比べたら、いかほどのものでもない。あたしは、人生を変えるためにここへきたんです。シェイクスピアだって何だって、体当たりでものにしてみせます」

「なんとまあ、ずくがあるなあ」

「あら、あなた、信州の人?」

相馬と話していた正子が、晋平を振り向いた。意志の強そうな太い眉の下で、涼やかな瞳がりんりんと輝いている。

「あ、北信濃《きたしなの》です。生まれは下高井郡の新野村でして……。申し遅れました、中山晋平といいます」

「そう、下高井郡なの。渋《しぶ》や湯田中《ゆだなか》の温泉に近いところでしょう。あたしの在所は、松代《まつしろ》なんですよ」

「へえ。松代といえば、川中島《かわなかじま》の古戦場がそばにありましたよね」

「中山さん、齢はおいくつ」

「二十三です」

「じゃあ、あたしより一つ下だ」

正子がにわかに砕けた口調になった。

「中山君、何だいその、ずくがあるってのは」

相馬が怪訝《けげん》そうな顔をしている。

「ずくがあるというのは信州のお国言葉で、やる気があるとか根気があるといった意味合いなんです。小林さんの話に感心して、自分でも知らないうちに口から出たんですが、偶然というのもあるもので……」

「きみたち、そこで何をしておる」

唐突に、裂帛《れっぱく》の気合いにも似た声が、背後から飛んできた。

びくっとして晋平が振り返ると、そこに坪内逍遥が立っていた。茶色っぽい着物に羽織という出《い》で立ちで、顔は頬骨が高く、鼻の下に立派な髭が八の字を描いている。丸縁眼鏡の奥に、古武士のような目がのぞいていた。

逍遥が、鋭い視線を正子に向けた。

「小林君、我が演劇研究所の生徒は、常に己れを律し、芸術の研究に精進せねばならん。部外者の異性と談笑するなどもってのほかじゃ」

「坪内先生……。あたし談笑なんてしてません。稽古場でお浚いしていたら、この人たちが勝手に入ってきたんです」

眼鏡のレンズが、冷ややかに光った。

「ふむ、相馬君に中山君か。そもそも、どうしてきみたちがここに」

「あの、『早稲田文学』の原稿で、島村先生にお訊きしたいことが……。断じて、下心などはありません」

相馬がゲラ刷りの入っている封筒を見せると、逍遥の肩がわずかに上下した。

「まあ、きみたちは厳密にいえば部外者だが、演劇研究所と『早稲田文学』は、いってみれば兄弟みたいなものじゃ。今回に限り、大目に見よう。よいか、今回だけじゃぞ」

正子に稽古場へ戻るよう指示を与えると、逍遥は晋平と相馬を玄関に近いところまで退かせた。

「昨今、日本の劇界には欠けているものが三つある。すなわち、一に脚本、二に芸風の新しさ、三に役者の品性。それらの欠陥《けっかん》を補うため、文芸協会は演劇研究所を立ち上げたのじゃ。旧幕の時分よりこのかた、役者や芝居にかかわる者は一段下の身分に見られがちで、役者買いといったような言葉でもって蔑まれてきた面があった。それだけに、研究所内の風紀が乱れることがあってはならぬと、今般、研究生の心得を定めたところでな。島村君にしたためてもらい、ここに張り出してある」

逍遥がそういって、廊下の壁を指先でとん、と叩いた。

一、本研究所生は我劇壇に新芸術を興《おこ》すと共に旧来の演劇及び俳優に纏着《てんちゃく》せる陋弊《ろうへい》を一洗しその社会的地位を高むるを理想とすべし
二、本研究所生は芸術に対し常に真摯厳粛の態度を持し軽佻《けいちょう》を戒《いまし》めて大成の道を畢生《ひっせい》の研究に求むべし
三、本研究所生は本所がその地位組織及び精神において我邦演劇研究機関の率先者《そっせんしゃ》なるの責任を自重し深く自ら重んずべし

横に並んだ三枚の半紙に、やや右肩上がりの文字が筆書きされている。晋平は、抱月が

書斎でそれを書いていたのを憶えているが、こうして一読してみると、厳格を通り越して
ものものしいようでもある。

「協会の幹部としてはすべての研究生を役者に仕立てるつもりじゃが、単に技芸を磨くのみならず、人格の修養に重きを置き、ゆくゆくは芸術と哲学、芸術と道徳といった方面にまでも研究を進めようと考えておる。名称を俳優養成所ではなく演劇研究所としたのも、それゆえでな」

朗々として、よく通る声だった。逍遥自身、朗読の名手なのだ。先ほどはずいぶんといかめしい顔つきだったが、もともとは春風駘蕩《しゅんぷうたいとう》とした人柄で、そこにいるだけで何ともいえない愛嬌《あいきょう》が感じられる。

「学課の修了年限は二年としてあるが、それしきの修練を積んだくらいでただちに一本立ちがかなう俳優が出ようなどとは、毛筋ほども思うてはおらぬ。この研究所は、いうなれば演劇学の予科のようなもの。高尚《こうしょう》な芸術家としての見識をここで培《つちか》い、修了後に改めて俳優を志す者もあるじゃろうし、脚本家になる者もあるじゃろう。舞台監督を目指す者もあるかもしれぬ。したごうて、今しがたの小林君も含め、研究生たちは芸術のために討ち死にする覚悟をもって、日々、自己の鍛錬《たんれん》に励んでおるのじゃよ」

そのとき、玄関に入ってきた人影があった。

「坪内先生、遅くなってすみません。講義のあと、学生の質問に応じていたので……。おや、相馬君に中山君。二人して、どうしたんです」

逍遥の話にいくぶん堅苦しさを覚えつつあった晋平の心持ちが、抱月の顔を目にしてふっと弛《ゆる》んだ。

五

牛込区薬王寺前町の界隈《かいわい》には、町名になっている薬王寺のほかにも、大小の寺院がひしめき合っている。島村家の隣も寺で、十二月にもなると、境内に植わっている銀杏《いちょう》の木は黄色に染まった葉をすっかり落としていた。

その日、晋平は夕飯を食べたあと、書生部屋でオルガンを弾いていた。音楽学校で出されたピアノの課題曲を、次の授業までに仕上げておかなくてはならない。

取り組んでいるのは、「ソナチネ」だ。難しさとしては中級の入り口にさしかかった程度だが、もう三度もやり直しを命じられている。「鉄道唱歌」の伴奏で単調な和音を刻むのとは、まるで勝手が違うのだ。

フフッフフンフン、フンフフフ……。

譜面台に広げた楽譜をハミングしながら、鍵盤に乗せた指を動かす。鼻先では軽快な調べが流れるのに、手がこわばってうまく弾けない。どうしてこうも上達しないのだろう。

正直なところ、ピアノ科に籍を置いているのが、自分でも不思議なくらいである。じっさい、予科にいるときは落第を覚悟したものの、ピアノ科教授の幸田延《こうだのぶ》が、「ほかの者とは少しばかり違ったところのある生徒ですし、ともかく上げておこうじゃありませんか。彼の音程を聞き分ける力は、学年一といってもいいほどですよ」と職員会議で口添えしてくれたとかで、辛うじて進級できたのだった。

「中山さん、ちょいといいかしら」

廊下から市子の声が掛かり、晋平は手を止めた。

「すまないけど、二階へお茶を持っていってくださらない。わたしは赤ん坊にお乳を飲ませないと」

市子の背中では、七月に生まれたばかりの四男、夏夫がぐずっていた。

「構いませんよ」

腰を上げて部屋の入り口へいく。

「さっきから、同じところでつっかえているのね。そういう曲として憶えてしまいそうだわ」

晋平に湯呑みの載った盆を手渡すと、市子はオルガンのほうへちらりと視線をやった。

奥様はオルガンの練習をやめさせたくて、僕にお茶を運ぶよう申し付けられたのかもしれないな。

そう思いながら、晋平は階段をのぼった。

「先生、お茶が入りました」

書斎のドアを開けると、洋机に向かっていた抱月が顔を上げた。

「ありがとう。こっちに置いてください」

「あのう、僕のオルガンがお仕事の差し支えになっていませんか。うるさくて気になるようでしたら、おっしゃってください」

机の端へ湯呑みを置いた晋平に、抱月が微笑する。

「気にしてなどいませんよ。最初から上手に弾ける人なんていない。人には、死に物狂いで勉強しなくてはいけない時期があるんです。中山君にとっては、それがいまなんだ」

「先生……」

「地道に蓄《たくわ》えた力は、いざ鎌倉というときに、きっときみを助けてくれるだろう。長野ではお母さんやご兄弟が、中山君がひとかどの音楽家になる日を待っておられる。精進しなくてはね」

あたたかい励ましの言葉に、晋平は胸がじんとした。

机の上には、書きかけの原稿用紙とともに、細かい書き込みがされたノートや、英語や独逸《ドイツ》語の辞書が広げられていた。

「『人形の家』の翻訳を進めていらしたのですか」

抱月は三年ほど前に、結末の場を含む第三幕だけを翻訳していたが、このところは第一幕、第二幕にも取り組み、完訳を目指している。

湯呑みに口をつけた抱月が、ひと息ついた。

「戯曲の翻訳というのも、なかなか骨の折れるものです。目で読む台詞と、耳で聞く台詞は、まったく別物ですからね。漢語を多く用いた台詞は、目から入ってくるぶんにはわかりやすくても、耳にしただけではちょっと意味の見当がつかないことがある。同音異義語もまた然《しか》り。それらを踏まえた上で、登場人物の人となりが見物客にきちんと伝わるようにしなくてはなりません。ノラは三人の子供を産んだ母親だが、夫からは小鳥や栗鼠《りす》にも譬《たと》えられるような妻なんです。貫禄のある婦人ではないし、といって若い娘とも違う。そのへんの加減が、台詞から浮かび上がってこないと」

「細かいところまで、気が抜けないのですね」

「イプセンの戯曲には、何気ないひとことに深い意味がひそませてありますからね。言葉の上っ面だけにとらわれると、その奥にある風刺や哲学を見逃してしまうんです。そもそも、私がどうしてこれほど『人形の家』に心を惹かれるか、中山君、わかりますか」

晋平は少しばかり思案する。

「ええと、新時代と旧時代の対立とか男女のラヴといった、人生の真実が追求されているゆえかと」

「前に話したことを、憶えていてくれたのですね。もちろん、それもありますが……」

湯吞みを置いて、抱月が椅子から立ち上がった。窓際に近づき、閉めてあったカーテンを一尺ばかり引き開ける。

硝子戸の向こうは隣の寺の墓地だが、いま時分は黒々とした闇に沈んでいる。

「きみも知っての通り、私は養子に入った身でしてね。生家の佐々山《ささやま》家は、とんでもなく貧しかった。そうした折、東京の学校へ通う費用を出してやるといわれて、嶋村文耕《しまむらぶんこう》という人の家に入ったんです。私は佐々山家の長男でしたから、実の父は猛反対しましたが」

『人形の家』から話が逸《そ》れたようで、晋平はいくぶん面食らったが、抱月の声は淡々と続いている。

佐々山家は、島根県の浜田《はまだ》港から四里余り内陸へ入ったところにある村でたたら製鉄に携わっていたが、父の代に事業が立ち行かなくなり、抱月は浜田の町へ出て働きながら学問に励んだ。裁判所の給仕を務めるかたわら夜学に通っていた時分、検事補として赴任してきた嶋村文耕に見込まれて、養子に入る話がまとまったのだった。

これまで、晋平もざっとした経緯は聞いていたが、細かな事情までは知らなかった。ちなみに、市子は文耕の親戚の娘で、抱月が養子に入った約四年後に嫁いできている。

「養父の文耕は、私を政治家か上級官吏《かんり》にさせたかったんです。そうすれば嶋村の家名を高めることができると、この文明の時代に本気で考えたのですよ。ゆえに、私は上京して東京専門学校の政治科に入学させられた。早稲田大学は、当時は東京専門学校と呼ばれていましてね。しかしながら、私は文学をやるほか頭になくて、半年もすると文耕に内緒で退学したんです」

抱月が政治科に入学したのも、まもなく退学したのも、晋平には初めて耳にする話である。

「勝手に学校をやめて、怒られなかったんですか」

「それはもう、激怒されました。養子縁組もいったん白紙になったし、月々送られてくるはずの金も止められて、目の前が真っ暗になりましたよ。途方に暮れて、お茶の水の崖《がけ》からお濠《ほり》に身を投げようとしたこともあります」

「そんな……」

晋平は、背を向けている抱月がすっと暗がりへ吸い込まれてしまいそうな錯覚を覚えた。

「翌年に東京専門学校の文学科に入り直して、正式に嶋村家の養子になりましたがね。それでも、文耕は私のことが気に入らなかったんでしょう。送金がたびたび止まって、寄宿舎代が払えず追い出されたりもしたし、学校を卒業して市子と所帯を持つと、分家しろと命じられましたから」

こん、と抱月が咳《せき》をした。乾いた咳が、立て続けに出る。

「先生、大丈夫ですか」

「いや、失敬。この二、三日、風邪ぎみでね」

ほどなく咳は治まったが、抱月の背中に疲れが滲《にじ》んでいるのが、晋平には気に掛かった。

「今夜は早めにお憩みになってはいかがですか。昨日も一昨日も、明け方まで部屋にあかりがついていたようですし」

抱月の手が、左右に振られる。

「中山君、貧乏は人生を蝕《むしば》む。本人にどれほど能力や気力があっても、家に金がなくてはどうにもなりません。私がきみを書生としたのも、いくらかでも苦学している人の力になりたいからでね」

そういうと、抱月はこちらへ向き直った。

「島村の島という字は、本来は山偏に鳥と書くべきなのですが、私は簡略にした字を常に用いています。家紋も、文耕の嶋村家とはちょっとばかり異なるものを使っている。養父の思い通りになるものかという、ささやかな抵抗を試みたのですよ。だが、ノラの度胸はあっぱれだ。女だてらに、自分も一人の人間だと高らかにいい放ち、長年、己れを縛りつけてきた家を、敢然と出ていくのだからね」

唐突に、話が『人形の家』に戻ったが、晋平はもう、そのことを疑問には思わなかった。

「『人形の家』全三幕を完訳することは、私にとって大きな意味があるんです。一日も早く仕上げて、父親が支配していた家から、夫が君臨している家から、ノラをすっかり解き放ってやらなければ」

細い目に、一閃《いっせん》の光が奔《はし》ったようだ。

年の瀬が駆け足に過ぎていき、明治四十三年を迎えると、『早稲田文学』一月号に完訳の成った『人形の家』が掲載された。

だが、夜通しの執筆に年末年始の会合などが重なったこともあり、抱月は風邪をこじらせたようだ。

二月に入ると、抱月は肋膜炎に罹《かか》って床に伏してしまった。

六

抱月が『人形の家』の完訳を急いだのには、わけがあった。小山内薫《おさないかおる》と二代目市川左團次《いちかわさだんじ》を中心とする自由劇場がひと足先に、イプセン作、森鷗外《もりおうがい》訳『ジョン・ガブリエル・ボルクマン』を有楽座で上演したのである。日本でイプセン劇が本格的に上演されたのは、それが初めてだった。

文芸協会よりも後から結成された自由劇場に先を越され、焦《あせ》る気持ちがあったのだろうと晋平は思う。風邪をこじらせ、肋膜炎を患った抱月は、医師に勧められて温暖な小田原《おだわら》へ療養に出向いた。

つめたい風に水仙《すいせん》が花芽をふるわせていた東京でも、ほどなく梅がほころび、桜が咲き、やがて葉桜の緑の下に、紫陽花《あじさい》の赤や青が色を添える季節となった。

薬王寺前町の島村家を佐々山雅一《まさいち》が訪ねてきたのは、しとしとと雨の降る六月のある日だった。玄関に入った雅一は、雨に濡れた傘を傘立てに差し、上衣のポケットから取り出したハンケチで肩先についているしずくを払った。

「中山君、どうも。梅雨《つゆ》に入ったとみえて、よく降るね。兄はどうしている」

「佐々山さん、ご苦労様です。先生は書斎におられますよ」

雅一は抱月より三歳下の実弟で、島根県から上京して東京専門学校法学部を卒業し、いまは本郷《ほんごう》に居を構えている。雅一の妻が信州の人で、その縁戚伝いに晋平のところへ書生の話が持ち込まれた経緯があり、晋平は抱月と同様、雅一にも親しみを抱いていた。

四月半ばに抱月が小田原から帰ってきたあと、雅一が見舞いにくるのは、これで幾度目かになる。

「おいちゃん、いらっしゃい」

玄関の話し声が聞こえたのか、居間から震也が出てきた。

「おう、震也。元気にしてたか」

「おいちゃん、お父ちゃまのお部屋に行くの？　震ちゃんも行きたい」

「震也もかい？　おいちゃんは、震也のお父ちゃまと、ちょっと話がしたいんだがなあ」

雅一が少しばかり困ったような顔をする。

晋平は、震也の肩に軽く手を添えた。

「震ちゃん、奥へいって晋平兄ちゃんと遊ばないか。そうだ、福笑いをしよう」

「福笑い……。うん、しよう、しよう」

震也がうなずくと、雅一は晋平にそっと目配《めくば》せして、階段を上がっていった。

震也を連れて居間に入っていくと、畳の上で夏夫のおしめを換えていた市子が顔を上げた。

「雅一さんが見えたのかしら」

「いま、二階に上がられました」

「そう、あとでご挨拶してこなくちゃ」

震也が茶簞笥《ちゃだんす》の引き出しから福笑いの一式を取り出してくると、部屋にいた君子や秋人、真弓も集まってきた。来年、高等女学校を受験することにした春子は、自室で勉強しているようだ。

正月に遊んで以来、福笑いは震也のお気に入りであった。震也は九歳になるが、同じ齢頃の子供に比べていくらか発育が遅く、人の話をじっと座って聞けなかったり、言葉つきなども、弟の秋人より幼く感じられたりした。一つのことにひどく執着するところもあり、正月から半年が経つというのに、繰り返し福笑いで遊びたがる。

「あらあら、震也。お鼻とお口があべこべになっていますよ」

かたわらで見ていた市子が声を掛けると、子供たちから笑い声が上がった。

二階からは物音一つ届いてこない。

この家には、まるで二つの領分が存在しているようだ。二階の書斎と、一階の居間。抱月が支配する月夜の静寂《せいじゃく》と、市子がつかさどる昼の陽光。いがみ合っているのではないが、溶け合うのでもない二つの領分を、子供たちは自在に行ったり来たりする。

三十分ほど震也たちと福笑いに興じたのち、晋平が書生部屋に戻って本を読んでいると、二階から誰かの足音が下りてきた。廊下をのぞいた晋平に、雅一が近寄ってくる。

「どうやらあまり調子はよくないようだね。前回、見舞いにきたときと変わっていない」

雅一は声をひそめながら、書生部屋の敷居をまたいだ。

「毎日、書斎には入られるんですが、ぼんやりされていることも多いんです。本を読んでいても、ずっと同じ頁《ページ》が開かれたままで……」

「肋膜炎はたしかに癒《よ》くなったようだが、生気というものがまるで感じられない。なんというか、兄は身体よりも気持ちがやられているんじゃないだろうか。昔から、物事を突き詰めて考えるところがあるし」

畳に腰を下ろした雅一が、わずかに顔をしかめる。

療養のために小田原へ赴いた抱月であったが、一人きりで床に伏《ふ》せっているあいだ、人の生死について深く考え込んでしまったらしく、帰京したときには頬がげっそりと痩せ、力のない目をしていた。

「僕も、そう思います。先日も雑誌の取材で、いままで自分のやってきたのはすべて口先だけ、筆先だけのことで、つくづく空虚《くうきょ》な心持ちがするなどと話されましてね」

夜空に君臨するブリリヤントな月が、黒い雲にすっかり覆《おお》われたようだった。

「今しがたも、気弱なことを口にしていた。胸の病気に罹ると精神にも異変を及ぼすんじゃないかとか、何をしても虚《むな》しいとか……」

屋根に雨が打ちつけ、部屋は日暮れどきのように暗くなっている。

腕を組んだ雅一が、小さく息を吐いた。

「中山君は、兄や私の実家がたたらを生業《なりわい》にしていたことは知っているね」

「はい、先生からうかがっています。といっても、たたらの詳しいことは、よく知らないのですが……。先生があまりお話しにならないので」

「そうか……。たたらは日本古来の製鉄法で、いまでこそ洋鉄に押されているが、西南戦争の頃までは、我が国の鉄といえばたたらだったんだ。それも、全国で産する鉄の八割を占めていたのが、中国地方のたたらでね」

「へえ。それじゃあ、たたら場のある土地は栄《さか》えたでしょうね。たたらに携わる人たちの羽振りもよかったでしょうし」

「それが、そうともいえないんだよ。たたらは、砂鉄と木炭を大量に用いる。砂鉄を採るには山を削り、木炭にする木も山から伐《き》ってこなくてはならない。だが、一定の範囲から採れる量には限りがあるだろう。それゆえ、砂鉄と木を求めて場所を移り、炉を築き直さなくてはいけないんだ」

「すると、山の中を転々と移り住む必要があるのですね」

「その都度、莫大《ばくだい》な金が掛かるし、大雨で山が崩れでもしたら大惨事だ。火が生み出す富に人生を賭けるといえば聞こえはいいかもしれないが、じっさいは一か八かの博奕《ばくち》みたいな生業なんだ。佐々山の家も、祖父が生きていた時分はずいぶんと景気がよかったが、父の代にいっきに傾いて、私たちが子供のときは借金取りに追いまわされるような具合だった。うちには妹がいたが、娘を女郎屋に売って金をこしらえろなどと、親父が借金取りに脅されたりして……。そんなふうだったから、兄はたたらのことに触れたくないのかもしれない」

「そうだったんですか。僕の生まれ故郷では、たたらが身近になかったので……」

実家が貧しかったとは聞かされていたが、そこまでとは思わなかった。中山の家にも、借金取りが押しかけてきた記憶はない。晋平は、己れの浅はかさを恥じた。

「馴染みのない人には、なかなかわかりにくいだろうが、たたら場のある山方は、町方とは異なる掟《おきて》によって束ねられていて、その、ちょっとうまくいえないが、町の人たちからは異質な者を見るような目を向けられることもあってね。町方で刃傷沙汰《にんじょうざた》を起こして居場所をなくした者や、食いはぐれた者、諸方からのあぶれ者がおしまいに行き着く先が、たたら場でもあるんだよ」

「…………」

「なぜこんな話をするかというと、兄にはそうした逆境を撥《は》ね返す力があるといいたいんだ。子供時分から頭の回転の速い人だったが、がむしゃらに勉学に励んでいたよ。だからこそ、嶋村文耕の目に留まったんだ。兄は東京専門学校を出て働き始めると、私の後ろ盾《だて》となって同じ学校へ通わせてくれた。私がたたら場を出て上京できたのは、兄がいてくれたおかげだ」

雅一が上京しなかったら、自分が抱月の書生になることもなく、東京音楽学校にも通えなかっただろうと、晋平は話を聞きながら思った。

「身内の自慢をするようで気が引けるが、たたら場から這《は》い上がり、大学教授にまでなった兄を、私は誇りに思っている」

「わかります、島村先生は立派な方です」

声に力をこめた晋平に、雅一がいくぶん目許を弛め、だがすぐにまた沈痛な面持ちになる。

「兄が苦しんでいる姿を見るのは、私も辛《つら》い。けれど、元来やわな人間ではないんだ。なんとか乗り越えてくれるといいが……」

七

しかし、抱月の気の滅入りは長く続いた。

明治四十四年五月、晋平は抱月のお供をして有楽町《ゆうらくちょう》にある帝国劇場へ向かった。文芸協会の演劇研究所では第一期生の卒業を迎え、明日二十日から七日間、シェイクスピア作、坪内逍遥訳『ハムレット』の公演を行うことになっている。今日十九日は、舞台稽古の日であった。

二月に竣工《しゅんこう》したばかりの帝国劇場は、宮城のお濠端にそびえる白亜《はくあ》の建物で、じつに堂々たる威容《いよう》を誇っていた。正面脇の通用口から入ってロビーのほうへ行くと、床に敷き詰められている大理石で、晋平の履いている下駄がつるつると滑る。

「先生、僕はこんなところにくるのは初めてですよ。まるで、西洋のお城みたいじゃありませんか」

「うん……」

「留学されていたイギリスやドイツの劇場は、ここよりもっと豪華なのでしょうね」

「うん……」

何を話し掛けても、抱月は虚《うつ》ろな表情で生返事を繰り返すきりだ。

「島村先生、こっちです」

客席に入ると、抱月の姿を見つけた演劇研究所の生徒が手を掲げた。

「先生、僕は後ろのほうで見ていますから、何か用事があれば呼んでください」

「うん……」

脚本や資料が入っている風呂敷包みを晋平から受け取り、抱月は合図をよこした生徒のもとへ行った。

どことなくおぼつかない後ろ姿をはらはらしながら見送って、晋平は後方の適当な席に腰掛けた。客席はすべて椅子席になっており、三階席まで入れると千七百人もの見物客を収容できるという。内装の柱や壁には西洋風の彫刻が施《ほどこ》され、天井にも天女の舞う西洋画が描かれている。

しばらくすると、舞台で稽古が始まった。公演の舞台監督をつとめる逍遥が抱月のかたわらの席に座っていて、時折、声を発して芝居を止めさせると、舞台の下に行って俳優たちに演技の注文をつける。自分の席に戻ってしばらくするとまた中断して、舞台のほうへ駆けていく。

逍遥は紋付羽織袴の出で立ちで、客席と舞台下を行ったり来たりするたびに、ばさばさ

のでみせるしてを示手本の台詞の形をつくり、台詞の手本を示してみせる

と衣擦《きぬず》れの音が響いた。演技の指導もじっさいの形をつくり、台詞の手本を示してみせるので、熱のこもった声が晋平のいる席まで届いてくる。

第三幕と第四幕の休憩中、ロビーに出た晋平は、折しも手洗所から出てきた逍遥と顔を合わせた。

「おお、中山君。来ておったのか」

「坪内先生、このたびは演劇研究所の第一回公演、まことにおめでとうございます。『ハムレット』全五幕の上演は、長年の念願でいらしたとうかがっております」

晋平は深々と腰を折った。

「うむ。研究所の中には、イプセンやショーの作をやりたいという声もあったが、わしは充分に思案して、シェイクスピアを取り上げることにした。イプセンなどもすぐれた作者ではあるが、いまの日本人に観せたとして、十人が十人とも面白いと感じてくれるとは、とうてい思えぬのじゃ。日ごろから西洋文学に親しんでいる文士や、洋行したことのある者ならまだしも、世間一般の人々には時期尚早《しょうそう》という気がする。そこへいくと、シェイクスピアは上演する国や時代を選ばぬし、誰が観てもわかる要素を備えておる。我々がこの先、十年、二十年とかかって新演劇運動を成し遂げるには、莫大な費用が掛かる。それには、何万人、何十万人という観客に支持してもらわなくてはならぬ」

「坪内先生、そろそろ次の幕を始めたいのですが、よろしいですか」

客席に通じる扉の向こうから、いくぶん急き立《せた》てるような声が掛かった。

「いま少し待ってくれんか。あと五分、いや三分」

返事を投げておいて、逍遥が声を低くする。

「近ごろ、家での島村君の様子はどうだね」

晋平はゆっくりと首を左右に振った。

「奥様やお子さんたちと渋温泉や熱海《あたみ》温泉に行ったりなさいましたが、そう元気になられたようには見えません。今日の舞台稽古も、部外者の立ち入りは禁じられているとのことでしたが、奥様が先生お一人では心許《こころもと》ないからと、僕にお供をするよう申し付けられたんです」

「さようか……。細君にしても、もともと調子がよくないのじゃろう」

「奥様も、このごろは頭痛やめまいがひどくなっておられまして」

晋平が応えるのを聞いて、逍遥が顔をしかめた。

抱月の将来に期待を寄せ、その身の不調をもっとも案じているのが、逍遥であった。時折、夫人のセンを薬王寺前町に遣わし、到来物の水菓子《みずがし》などを届けてくれる。センは市子に抱月の具合を訊ねたり、また、市子自身の体調の相談に乗ったりしているようだった。

そうした逍遥の気遣いに応えなくてはと抱月も思うのか、大学の講義は休んでも、演劇研究所には顔を出しているのだ。

「島村君も、一人で背負い込むところがあるからのう。彼も数えで四十一。わしにも覚えがあるが、人間というもの、四十とか五十の節目には身体上だけでなく、精神上にも少なからず変化があるものじゃ」

「書斎にお茶を持っていっても、手許の万年筆を見つめて、ため息ばかりついておられます。僕には、どうして差し上げることもできなくて……」

「ふむ。何か打つ手がないものか、わしも知恵を絞ってみよう」

逍遥が席につき、稽古が再開された。

照明の光が当たっている舞台を目にすると、晋平の頭も切り替わった。文芸協会が『ハムレット』を帝国劇場で上演すると発表されて以来、新聞各紙で取り上げられるようになり、配役から俳優それぞれの生い立ちに至るまで、記事を読んで心得ている。

なかでも興味を引かれたのは、この公演から松井須磨子と芸名を名乗ることとなった、小林正子についての記事だった。ヒロインのオフィーリア役を与えられた正子は、並々ならぬ意気込みをもって演劇に打ち込むあまり、夫から離縁を申し渡されたというのだ。食事をしている夫が「茶を飲みたい」といったところ、台詞を覚えるのに躍起《やっき》になっていた正子が「水でも飲んでろ」と怒鳴り返し、それが離縁につながったらしい。

須磨子にとって最大の見せ場は第四幕、オフィーリア狂乱の場だ。

石造りの城内を模した舞台に、オフィーリアに扮《ふん》した須磨子があらわれた。白く柔らかな生地で仕立てられたドレスが、鞠《まり》のようにはずむ胸許やしなやかな肩、丸みを帯びた腰など、日本人離れした身体の線をくっきりと浮かび上がらせている。

恋人であるハムレットに棄てられ、そのハムレットに父親を殺されたオフィーリアは、肩まで下ろした髪を振り乱し、茫然自失《ぼうぜんじしつ》の態《てい》である。その場にいる王や王妃の前で、裾の長いドレスを手でもてあそびながら調子はずれな歌をうたったり、とりとめのないことを口走ったりする。

「さあさあ、こなたには茴香《ういきょう》の花と小田巻草《おだまきそう》。お前には返らぬ昔を悔やみ草じゃ、わらわも一つ取っておこ。これをば安息日《あんそくび》の恵《めぐみ》の草ともいうぞや……」

演劇研究所の稽古場で一心不乱に踊っていた小林正子の姿が、舞台上で錯乱した娘を演じる松井須磨子に重なる。

わからない。

と、晋平は思った。

これまで観たことのある歌舞伎芝居と、文芸協会の演劇は、まったく違う。須磨子の演技がうまいのかまずいのかもわからないし、夫に離縁されてまで目指そうとする芸術が、目の前で繰り広げられている、これなのかもわからない。

しかしながら、オフィーリアが猛烈な狂気にまみれているのだけは伝わってくる。ただそれとて、計算され尽くした演技ゆえの狂気なのか、死に物狂いで演ずるゆえに狂気と見えるのか。

いずれにせよ、晋平にはわからなかった。

八

朝から雨が降り続き、蒸し蒸ししていた。七月も末になるというのに、まだ梅雨が明けないようだ。書生部屋は、水底《みなそこ》に沈んだようにほの暗い。

「フフフーン、フフフフフフフフフ……」

譜面に並ぶ八分音符をハミングで追いかけながら、晋平はオルガンの鍵盤に置いた右手の指先を動かしていた。

――ショパンの「子犬のワルツ」。中山君が来春、東京音楽学校を卒業するための課題曲です。これまではピアノの実技が少々まずくても、和声学とか音楽史、国語といった科目の出来映えを考慮して進級させてきたけれど、いちおう、あなたの専攻はピアノ科ですからね。音楽の道に進もうと考えているのならなおさら、この程度の曲は弾けるようにならないと。みっちり練習して、卒業試験に臨《のぞ》みなさい。

ピアノ科教授、橘 糸重《たちばないとえ》の声が耳によみがえった。橘は、ピアノの腕前はいうまでもなく、女流歌人としても当世一、二を争う才媛《さいえん》だ。晋平が予科から本科へ進む折に陰ながら後押ししてくれた幸田延は目下のところ学校を休職中で、橘が指導を引き継いでいる。ピアノの個人授業では晋平の練習不足をたしなめながらも、短歌の話や『早稲田文学』の感想などを聞かせてくれ、鍵盤を叩くより文学論に花を咲かせる時間のほうが長いこともしょっちゅうであった。しかし、さすがに卒業試験までは大目に見てもらえぬようだ。

もっともなことではある。「子犬のワルツ」は、晋平の力量からするとかなり背伸びをした選曲だが、同級生には学校に入学する段階で習得していた者もあるくらいで、音楽学校の生徒が弾くにしては、さほど難易度は高くない。卒業試験にメンデルスゾーンの「ロンド　カプリチオーソ」やバッハの「パルティータ」を与えられている者たちから見れば、この課題曲だけで、晋平が相当な手ごころを加えられていると映るだろう。

右手で奏でるのは、子犬どうしがじゃれ合っているような、ころころと転がっていくメロディーだ。左手は、きゃんきゃんとはしゃいだ三拍子の和音を刻む。

まずは右手にメロディーを覚え込ませ、次に左手だけで和音をなぞって、のちにメロディーと和音を合わせる。

ハミングならばどうということもないのに、両手で演奏するのは至難の業だった。右手と左手で違う動きをする上に、足許の板を踏んでオルガンに風を送らなくてはならない。右足はイチニ、イチニなのに、手はイチニサン、イチニサンで、何がなんだか、頭がぐしゃぐしゃになってくる。

と、左手が譜面とは異なる鍵盤を押さえ、突拍子もない音が鳴った。オルガンが不協和音をがなり立て、尖《とが》った不快が晋平のこめかみを刺《さ》す。身に着けた白絣《しろがすり》の単衣《ひとえ》に、暑さのせいだけではない汗が滲んだ。

「中山さん……」

廊下から声が掛けられた。

「お春坊かい。どうぞ、構わないよ」

晋平が応じると、障子が開いて春子が部屋に入ってきた。四月から通い始めた日本女子大学附属高等女学校は夏休みに入っているが、登校日だったとみえて制服を着ている。

「あのう、いいにくいんだけど、オルガンの練習を遠慮してもらえませんか」

「あ……、うるさかったかい。でも、この曲を弾けるようにならないと、音楽学校を卒業できないんだよ」

「わたしはともかく、お母さまがね。つっかえつっかえしたオルガンの音を聞くと、咽喉《のど》が詰まるような心持ちがするんですって」

「そんなことをいわれても……。じゃあ、これからはなるたけ、奥様が外へ出ておられるあいだに練習する。それでどうだろう」

春子が小さくうなずき、オルガンの譜面台に目をやった。

「中山さんが、卒業かあ。卒業したら、どうなさるの」

晋平は白絣の袖を肘までたくし上げ、腕を組んだ。

「なかなか難しい質問だ。まず考えられるのは、学校の音楽教員かな。食いっぱぐれることがなさそうだし」

「中山さんは長野で代用教員をなさっていたのだものね」

「だが、この家で『早稲田文学』の編輯を手伝わせてもらううちに、欲が出てきてね。島村先生の下で文筆の才を磨いて、音楽評論家を目指してみたい気もする」

まったく無謀なたくらみでもない、と晋平は思うのだ。本科一年のとき、東京音楽学校で学友会の機関誌を創刊する運びとなり、晋平は学生ながら編輯委員に抜擢《ばってき》されたのみならず、「新詩論」という論文を発表した。その後も、「低唱微吟《ていしょうびぎん》」と題するコラムの執筆を受け持っている。

「ふうん。あまりよくわからないけど、それならオルガンが上手に弾けなくてもやっていけそうね」

「作曲にも興味があるんだ。いっとき、東儀鉄笛《てってき》さんの書生をしていた時期があるだろう。一年もしないうちに、こっちに戻ってきたけど……。東儀さんは早稲田大学の校歌を作曲したほどの人だ。家には作曲に関する本がたくさんあった。片っ端から読ませてもらって、そんなわけで」

「作曲ねえ……。中山さんも、何かこしらえたの」

晋平はオルガンに向き直り、簡易な伴奏に合わせて一曲うたってみせた。

「『春の雨』というんだ。相馬さんが詩を書いてくれて、僕が曲をこしらえた」

余談ながら、早稲田大学の校歌を作詞したのが相馬である。

フフンフンフン、フンフフフーン……。

春子がハミングしてくれた。

「しっとりとした、いい曲ね。細かい雨のけぶっている景色が、目の前に見えるみたい」

自作の曲を褒められて、晋平はいささか面映ゆかった。オルガンの蓋を閉じ、いま一度、春子のほうに身体を向ける。

「お春坊が高女を卒業するのは、五年ほど先だな。前に、どんな道に進もうかと悩んでいたが、何か見つかったかい」

「それが、ちっとも。卒業後のことを日ごろから両親と話し合っておきなさいって、学校の先生にもいわれてるけど」

春子が肩をすくめる。

「先生や奥様は、どうおっしゃっているんだい」

「お母さまは、卒業する頃にいい話があれば、お嫁にいけばいいんじゃないかって。お父さまは、今後は女も一人の人間として生きていく時代がくるだろうから、自分の頭で物事を考えることができるように、学問を積んだほうがいいと」

「そうか……」

晋平には、市子の母親としての気持ちも、抱月の進んだ考え方も、わかる気がする。

「わたし、お嫁にいこうかしら。お父さまとお母さまが高女くらいは出ておいたほうがいいとおっしゃるから、なんとなく入学したけれど、成績が優秀なわけではないし」

「お春坊が得心していれば、お嫁にいくのも一つの道だと思うよ」

春子が襟許に顎を埋《うず》め、わずかに思案する。

「お嫁にいくなら、お父さまみたいな人と一緒になりたいわ。どんなことでも知ってらっしゃるし、うんとお優しいもの。お母さまの気晴らしになればと郊外へ連れておいでになったり、真弓や夏夫のおしめをご自分で取り換えられたり。学校のお友だちに話したら、どこのお父さまもそんなことはしないって、目を丸くされたわ」

春子が父親のことをそんなふうに見ていたのかと、晋平にはいくぶん意外でもあり、微笑ましくもあった。

「先生みたいな人と一緒になるというのには、僕も賛成するよ」

「だけど、このごろのお父さまは暗い顔をなさってばかりだわ。肋膜炎で小田原へいらしてから、もう一年半くらい、ずっとあんな調子でしょう。お母さまを連れてお出掛けになることもなくなったし……。自分の卒業後のことより、いまはそっちのほうが気掛かりよ」

春子の表情が翳《かげ》った。

「坪内先生も、先生のことを案じておられる。何か打つ手を考えるとおっしゃっていたが……」

そのとき、玄関から硝子戸の開く音が聞こえてきた。

「やあ、ただいま帰りました」

抱月である。このところ聞いたことのない、浮き立つような声だった。

晋平と春子は顔を見合わせ、部屋を出ていく。

「お父さま、お帰りなさい」

框に腰掛け、抱月が靴を脱いでいる。晋平は、硝子戸のほうへ目を向けた。

「おや、天気が……」

「演劇研究所を出たら、雨が熄《や》んでいました。ところどころ薄陽も射《さ》していますよ」

硝子戸を透けてくる光で、玄関がほんのりと明るんでいる。

「中山君、研究所の地続きに、文芸協会の試演場を普請しているのは、きみも知っているでしょう。あれが来月末に竣工するんだが、こけら落としを兼ねた試演会で、『人形の家』を上演することになったんです。今しがたの幹部会で、正式に決まりました」

「ほう、『人形の家』を」

声を返すと、框に上がった抱月の顔に、はにかむような笑みが浮かんだ。抱月がそんな表情をするのを、晋平は久々に見た気がした。

「脚本だけでなく、舞台監督も仰《おお》せつかりました。ぜひ島村君に任せたいと、坪内先生が指名してくださいましてね」

「へえ、舞台監督も」

「脚本はともかく、舞台監督となると俳優に演技の指導をしなくてはなりません。坪内先生は自身が朗読をなさるから演技指導もできるが、私は留学中に舞台を観たといっても、演じる側に立ったことはありませんからね。いささか心許なくて、中村吉蔵《なかむらきちぞう》君を助手につけてもらうことにしました。中村君はドイツやアメリカに留学して演劇を研究し、ことにイプセンにはそうとう惚《ほ》れ込んでいます。彼がいてくれると心強い。まあ、二人で分担するかたちではありますが……」

抱月が言葉を切り、一度、大きく息を吸い込む。

「監督を引き受けたからには、きっと成功させてみせると、そう考えています」

切れ長な一重の目が、きりっと引き締まっていた。

「春子、これからお父さまは忙しくなるぞ。やらなくてはならないことが、山ほどあるんだ」

抱月は春子の肩を抱くようにして、家の奥へ入っていった。

框に残された晋平は、ふと思った。坪内先生がおっしゃっていた打つ手とは、このことだろうか。

もともと研究所の内部にはイプセン劇の上演を望む声が高まっていたのだし、もちろん抱月の不調を打ち破るためだけではないだろうが、これまで沙翁劇にこだわってきた逍遥が『人形の家』の上演に踏み切る肚《はら》を固めた裏には、抱月に対するいくばくかの配慮がはたらいたのではなかろうか。

もしかしたら、島村先生はどんよりした雲に覆われていた日々から抜け出せるかもしれない。

予感というにはあまりにもささやかな、漠然とした気配がよぎったにすぎなかった。だが、晋平は鼻の奥がつんとして、不覚にも涙が出そうになった。

九

八月になり、『人形の家』の稽古が始まった。稽古は一日おきに週三回、朝の八時から行われる。

ついこのあいだまで重い身体を引きずるように寝間から出てきていた抱月が、すがすがしい顔つきで朝食の卓につくようになった。

「中山君、今日は演劇研究所に従《つ》いてきてください。持っていく資料がたんとありましてね」

そう頼まれたのは、稽古が三週目に入った頃であった。

暦《こよみ》の上では秋が立ったとはいえ、家の玄関を出ると蟬《せみ》が盛んに鳴きたてている。

晋平も抱月も、重い風呂敷包みを両手に提《さ》げていた。

「今朝は三時に目が覚めましてね。いま一度、寝ようとしたのですが、寝付けなくて」

歩きながら、抱月が浅い息を吐く。

気持ちが上向いてきたように見えても、胸には未だ低い雲が垂れ込めているのだろうか。

晋平が返答できずにいると、抱月はかすかに微笑んだ。

「稽古のことが頭を離れないんですよ。あれやこれやと考えて、目が冴《さ》えてしまってね。男主人公のあの台詞が何分間あっただろう、きちんと計っておかなくては女主人公が衣装を着替えるのに困る。とか、じっさいの舞台ではあの椅子と椅子の距離がずっと狭いはずだから、動作をするのに難儀するだろう。とか、思案し始めると気ばかり急いてくるんです。一つの問題が片付いても、また次が気に掛かって、きりがなくてね」

「先生は『人形の家』に、たいそう思い入れがおありですもんね。舞台の指導にも、さぞかし熱が入ることでしょう」

心配が杞憂《きゆう》だったとわかり、晋平はほっとした。

「ヨーロッパの演劇に関する書物を読むと、舞台監督は劇に関するすべてを支配する権限を持たなくてはならない、とあります。演劇というのは俳優の演技だけでなく、衣装や小道具、背景、照明など、ぜんぶが支え合って成り立つものなんです。舞台監督は、原作の意図するところをきちんと把握《はあく》して、それを舞台上に創り出す役回りかと」

「原作の意図するところ、ですか」

「原作を貫く精神というか、根本にある生命と言い換えられるかもしれません。舞台監督はそれを表現するにつき、台詞や動作といった枝葉のいちいちにこだわるのではなく、木ぜんたいを見て一つの劇にまとめ上げなくては」

「なんて奥が深い……。演劇って、オーケストラの合奏――アンサンブルみたいですね」

「アンサンブル？」

「演技のほかにもいろいろなパートが重なり合って、一つの芸術をつくり上げるところが似ています。舞台監督はさしずめ、指揮者といった按配《あんばい》でしょうか」

「ほう、上手《うま》い譬えですね。さすがは音楽学校の生徒さんだ」

「いえ、僕なんか」

抱月に持ち上げられ、晋平は恐縮する。

「もっとも、舞台で演じたことのない私が舞台監督を務めるには、いま話したような姿勢で臨むよりほかないのが正直なところでね。そのあたりが坪内先生とは異なるので、俳優たちは戸惑うだろうが」

晋平は、『ハムレット』の舞台稽古において台詞のひと言ずつ、手の位置、顔の向きなど、手取り足取りで指導に当たっていた逍遥の姿を思い返す。

ほどなく、演劇研究所の門が見えてきた。つっと先へ走り、晋平は鉄格子の門扉を肩で押し開ける。

従来の校舎に寄り添うようにして、普請中の試演場が建っていた。外回りの工事はだいたい終わり、いまは内装をととのえているらしく、建具や板材を抱えた職人たちが中へ入っていく。校舎と比べてもかなり大きな建物で、坪内邸の庭の大半が失われていた。逍遥はその建設費用をひねり出すため、これまで寝起きしていた母屋を売り払い、敷地の片隅に小さな家を建てて移り住んでいる。

「俳優たちの個々の演技に関しては、中村吉蔵君に頼りっぱなしです。幸い、彼はアメリカで『人形の家』の舞台を幾度も観ています。私もドイツの劇場で一度、観たことはあるが、なにせドイツ語が不得手で……」

門を入った抱月が、ふいに首をめぐらせた。

校舎のほうで、女の声がする。

――あなたがいけないということを、何で私がするものですか。

「ノラの役をやる女優が、稽古をしているようだ」

「まだ八時になっていないのに……。それにしても、大きな声ですね」

「松井君はいつも一番乗りで、みんなが揃う頃にはすっかり準備がととのっているんですよ」

「松井……ああ、あの金太郎、じゃなかったオフィーリアの。あの人が、ノラをやるんですか」

「脚本の台詞を、たった五日で覚えてきましてね。しかも、ノラ以外の台詞までぜんぶ」

「へえ、やっぱりずくがあるなあ」

晋平は感心するような、呆《あき》れるような心持ちがした。

――あなたがいけないということを、何で私が……。あっ、広田さん、おはよう。前回やったこの場面、ちょいと台詞ろうじゃないの。

「ああやって、誰彼となく呼び止めては台詞の稽古をしようとするのだから、一緒に舞台に立つ者も気が抜けないだろう」

抱月の横顔は、どこか面白がっているふうにも見える。

「松井さんも大役に推《お》されて、張り切っているのでしょうね」

「この劇では、夫のいいなりでいることをつゆほども疑わない無邪気な妻が、友人との交流や諸々の経験を経て、ある日ついに自覚する。ノラの精神的変化というか、その落差が、最大の見せどころです。研究所を卒業したとはいえ、坪内先生にいわせれば、松井君はまだ修業中の身。この難役を演じきるのは容易ではないだろうが、目鼻立ちなどは中村君がアメリカで観たときの女優に似ているそうだし、当人の奮闘に期待するところです。あ、ここでいいですよ」

研究所の玄関に入った抱月が、履き物を脱ぎながらいう。

「部外者に稽古を見せてはならない決まりなんです。きみには暑い中を歩かせて、少し涼んでいってもらいたいとは思うんだが、あの通り、台詞の稽古を始めているし……」

玄関正面の壁に、大きな黒板が掲《かか》げてあった。そこには、いつであったか晋平が相馬とここを訪ねた折、紙に書いて貼り出してあった研究生の心得が、改めて白ペンキで記されていた。さらに、黒板の横には、また別の紙が出ている。

一、研究生は校の内外を問はず、男女合同にて研究せんとする時は予《あらかじ》め幹事に通じ講師の指導を受くる事
二、時間外に校舎を使用せんとする時は予め幹事の許可を得る事　但毎日午後四時より（日曜日を除く）教場に入って独習する事を得、授業後は直に退場の事
三、校舎内にては必ず上草履を用ゆべし

第一期生が卒業したのちも、相変わらず厳しい規律が敷かれていることがうかがえた。その一期生にしても、風紀問題による除籍や自主退学で、一時は三十名ほどいたのが卒業するときには十五名まで減っている。抱月に聞いた話では、研究所から母屋にいる逍遥を訪ねるのに相合傘で行った研究生の男女が、即日退学を命じられたそうだ。ほかにも、ある男の研究生の家で酒を呑んだ数名が、逍遥からきついお叱《しか》りを受け、次に同じことをし

たら退学にすると戒告されたという。

「僕にはお構いなく。こちらで失礼します」

部外者は下手に近寄らないのが賢明だ。目の端に黒板を捉えながら、晋平は抱えている風呂敷包みを框へ置いた。汗が額からしたたり落ちてくるが、不快ではない。久方ぶりに抱月のレクチュアを独り占めできたのが、心の底から嬉しかった。

框に上がった抱月が、晋平に向き直った。

「稽古がすんだら、帰りに戸塚村へ回るつもりです。家に着くのは、ちょっとばかり遅くなるかもしれません」

高田馬場《たかだのばば》の停車場と早稲田大学の中間に位置する戸塚村に、抱月は家を新築中であった。完成まであとひと月ほどかかる見通しで、抱月も折をみては普請場へ足を運び、職人たちに注文を出している。

「わかりました。奥様にもお伝えしておきます」

晋平は兵児帯《へこおび》に挿《はさ》んだ手拭いで汗をぬぐうと、研究所をあとにした。

粘りつくような陽射しが和らぎ、蟬の鳴き声が衰え始めると、朝晩に吹く風が心地よくなってくる。新たな家に引っ越す日取りを月の半ばにしたいと抱月がいい出したのは、九月に入ってすぐのことだった。

それを聞くや、市子が眉間に皺を寄せた。

「引っ越しは、演劇研究所の試演会が終わってからじゃなかったんですか。わたしはそのつもりでしたけど」

「家が見込みより早く仕上がりそうでね。ならばさっさと引っ越して、気持ちも新たに初日を迎えたいんだ。お前だって、いくらかでもお腹が小さいほうが動きやすいだろう」

市子は七人目となる子を身籠《みごも》っている。

「そうはおっしゃっても、初日は二十二日でしょう。稽古だって毎日になるだろうし、何かとばたばたするんじゃないかしら」

市子のかたわらにいた真弓を、抱月が抱き上げた。

「新しい家はここより広いし、周りを田畑に囲まれていて、思うぞんぶん遊べる。な、真弓も早く引っ越したいだろ」

「うんっ」

真弓が勢いよくうなずき、市子がどうにでもしてくれという顔になった。

「よし、これで決まった。春子と君子は、それぞれ荷物をまとめておくように。自分のがすんだら、震也と秋人のも見てやりなさい。お母さまの手を、あまり煩わせないようにな。それと、中山君は」

抱月の目が晋平に向けられる。

「相馬君たちと、向こうの家へ荷を運んでもらえますか。当日は雅一にも声を掛けるし、早稲田の学生も手伝いにくるでしょうから」

「もちろんです、任せてください」

晋平が請け合うと、抱月はいま一度、市子を振り返った。

「市子、試演会に春子を連れて観にこないか。初日の関係者席が、いまなら残っているが」

「わたしは……、よしておきます。ああいう、大勢の人が集まる場所は苦手ですもの」

「『ハムレット』のときも、坪内先生のお招きを断っただろう。東儀君たち、ほかの幹部の細君は来ているんだよ」

「そんなふうにいわれると、ますます気おくれがしますよ」

「女二人で心許なければ、中山君に従いてきてもらうといい。ともかく、少しは私の顔を立ててくれんか」

市子の顔に、逡巡《しゅんじゅん》する色が浮かんだ。

「奥様、『人形の家』は先生が翻訳に心血を注がれた作品で、こんどの試演会は先生の晴れ舞台でもあるんです。日本で初めて上演されるとのことで、新聞や雑誌でも大きな注目を集めています。僕がお供いたしますから、足をお運びになってはいかがでしょうか」

ふだんならそこまで強く勧めようとは思わないが、『人形の家』に対する抱月のひとかたならぬ思いを心得ているだけに、晋平はその一端なりとも市子にわかってほしかった。

「お母さま、行ってみましょうよ。舞台開きの芝居なんて、そうそう観られるものじゃないだろうし」

春子が目を輝かせている。

「そうねえ、お前がそういうなら……」

一家は戸塚村の新居へ慌ただしく引き移り、それから数日と経たぬ九月二十二日の午後、晋平は市子と春子のお供をして演劇研究所の試演会へと赴いた。

試演場の玄関で履き物を脱ぎ、中へ入ると白木の檜《ひのき》がぷんと香った。客席は六人詰めの枡席で、ゆうに六百人は収容できるという。晋平たち三人が着いたときにはその客席も八割方が埋まっていて、場内の案内係に声を掛けると、やや後方に設けられた関係者席に通してくれた。

人の話し声や物音で、場内はがやがやしていた。座布団に膝を折った市子が、着物の襟許へしきりに手をやっている。

「どうも落ち着かないわねえ」

「わあ、著名な方々も観にいらしているのね。あの人、新聞でお顔を見たことがあるわ」

春子は興味津々で見物席を見回していた。そうこうするあいだにも、客が続々と入ってくる。いくらか離れた席には、『早稲田文学』の編輯部員たちの顔もあった。

舞台は間口六間ほど、紫色の繻子地《しゅすじ》に金モール刺繍《ししゅう》の施された緞帳《どんちょう》が下りている。正面には、「遊於藝《げいにあそぶ》」の三文字が彫られた扁額《へんがく》が掲げられていた。

その日の演目は、イプセン作、島村抱月訳による『人形の家』第一幕と第三幕、逍遥作の舞踊劇『寒山拾得《かんざんじっとく》』『お七吉三《しちきちさ》』『鉢《はち》かつぎ姫』が上演されることとなっていた。時間の都合もあり、『人形の家』第二幕は省かれた恰好だ。

定刻をすぎた頃、黒紋付に仙台平《せんだいひら》の袴を着けた逍遥が緞帳の前に立ち、会長の挨拶を述べた。

「ご見物の皆様方、見知らぬ国へ渡ろうとするには、船が必要でございます。この試演場はわずか三十石くらいの小さな船で、いつ難破するやもしれません。しかし自前の持ち船ですから、どこへ行こうとも自由と申せましょう。水夫《かこ》たる我々は全力を尽くし、目指す国へと進んで参る所存にございます」

見物客の拍手が鳴りやむと、緞帳が静かに上がった。

舞台の中央に脚付きの円卓、浅緑色の壁際にピアノと本棚が並び、本棚の上には石膏《せっこう》の半身像が載っている。かたわらに、煉瓦《れんが》造りの暖炉が設《しつら》えられていた。

その洋室に、買い物帰りのノラが、鼻唄まじりに入ってきた。

晋平はびっくりした。海老茶色のドレスに身を包んだ松井須磨子が、可憐《かれん》でどこか娘っぽさもある人妻、ノラにしか見えないのだ。栗鼠か小鳥のように舞台上を軽やかに動き回り、ちょっぴりいたずらっぽい仕草をしてみせる頃には、ノラの放つ魅力にすっかり惹きつけられている。

「だって、あなた、もういいわ。少しくらいお銭《あし》を遣いに出掛けたって、やっとクリスマスが楽に出来るようになったんですもの」

台詞も構えたところがなく、自然に聞こえた。土肥春曙《しゅんしょ》の演じるヘルマーや、広田はま子が扮するリンデン夫人もしかりだ。『ハムレット』のときは歌舞伎調で堅苦しい感じがしたが、じつにすんなりと耳に入ってくる。

市子と春子は、枡席の仕切りから身を乗り出すようにして舞台に見入っていた。

芝居が進んでいき、やがて、第三幕となった。『人形の家』の山場である。

晋平は改めてびっくりした。先に抱月が語っていた演出の案を、須磨子がそのまま形にしている。

初めは青く澄み渡っていた空に、どこからともなく黒雲が湧いて雷鳴がとどろき、とうとう土砂降りの雨となる。やがて潔《いさぎよ》く上がった雨のあと、さっと射し込む一条の光。ノラの上を駆け抜けていく嵐が、そこに見えた気がした。

「そうか、新しい演劇とはこういうことか、新しい芸術とはこれなのかと、僕はあのとき思いましたよ。目を見開かされる心持ちでした」

晋平は少しばかり興奮気味に話した。

隣で相馬が口を開く。

「お客さんも、すっかり舞台に引き込まれていましたね。ノラが自分の人生を自覚する場面では、ハンケチで目許を押さえるご婦人が幾人もいましたよ」

「中山君も相馬君も、ありがとう。初めての舞台監督という大役を果たすことができて、まずは肩の荷が下りた心持ちです」

抱月が、いつものはにかむような笑みを浮かべた。

試演会から十日ほどが過ぎ、三人は『早稲田文学』の編輯室で舞台を振り返っているのだった。戸塚村に新築された島村邸へ編輯室も移り、部屋がひとまわり広くなっている。

相馬は幾つかの新聞を手にしていた。

「それぞれの俳優の演技についても、好意的に評されています。とりわけ、『ノラが予想したよりもよかった』とか、『おしなべて今度のノラは大成功ということができる』とか、松井須磨子を褒める記事が目立っている」

「松井さんが出てくると、舞台がぱっと華やぎますね。顔立ちも鼻筋が通っているから、表情が豊かに見えます」

抱月が晋平に目を向けた。

「松井君の鼻には、パラフィンが詰めてあるんですよ」

「パラフィン……。蠟《ろう》ですか」

「演劇研究所の入所試験を受ける折に、手術を受けたそうでしてね。鼻筋が通って見えるのは、それゆえです。もっとも、鼻の粘膜に麻酔を打つとき、あまりの痛さにのけぞって、座っていた椅子の肘掛けを壊してしまったらしいが」

「手術……」

女優を志して、鼻に注射針を刺したというのか。ずくがあるにも程がある。

「まあ、それはともかく、松井君はよくやった。私の解釈するノラを、見事に表現してくれました。研究所に入るまではずぶの素人だった彼女が、わずか二年ほどの修業を積んだくらいで、よくぞあそこまで演じ得たと思います」

「もちろん坪内先生のご指導もあるでしょうが、『人形の家』に関しては島村先生のお力が大きいのではありませんか」

「相馬君、それはどうでしょうか。私には坪内先生のような手取り足取りの指導はできません。この場面のノラはどういう立場に置かれて、どういう心情なのかといったことを、話して聞かせるだけですから……」

二人のやりとりに耳を傾けながら、晋平は試演会での須磨子を思い返していた。

シェイクスピアの原書をまるごと覚え込もうとしたように、須磨子はノラの役柄について噛んで含めるようにいい聞かせる抱月を、そっくり身体に入れたのだろう。抱月が頭に描いたそのままのノラになって、舞台に立ったのだ。

「試演会では第一幕と第三幕のみの上演でしたが、いずれは全幕を通してやってみたい。坪内先生にも、はたらきかけてみようと思います」

切れ長の目に、生き生きとした光が宿っている。ブリリヤントな抱月が戻ってきたのを、晋平は確信した。

約二ヶ月後、文芸協会は帝国劇場で『人形の家』全三幕を、完全な形で上演することとなった。抱月の望みがかなう機会が、早々にめぐってきたのである。

十

「晋平、卒業おめでとう。弟が官立の音楽学校を出たことは、兄としても鼻が高い。おっ母ぁも、そうだろう」

「んだな。晋平、よう精進したぞ」

「兄さん、おっ母ぁ。卒業できたのは、お二人が学費の工面に骨を折ってくださったおかげです。心から礼をいいます」

晋平は酒が満たされた盃《さかずき》を板間に置き、手をつかえる。明治四十五年三月、東京音楽学校を晴れて卒業した。その報告がてら、長野の実家に帰省したのだった。

四月も半ばとなり、桜の咲いた東京では大方の人が外套《がいとう》を脱いで歩いていたが、北信濃の田畑にはつくしがやっと顔をのぞかせたくらいである。柔らかな雨が大地を潤《うるお》し、桜や桃、林檎《りんご》の花がいっせいにほころぶ春の訪れは、もうしばらく先になる。

目の前では、囲炉裏《いろり》の火があかあかと燃えていた。

「お二人に借りてもらったお金は、これから少しずつ返していきたいと思います。といっても、いまのところは目途が立っておらず、心苦しいのですが……」

「官立の学校を出ても、東京では働き口が見つからないか」

兄の明孝《あきたか》が、盃の酒を舐《な》めながらいう。

「音楽教員の資格は取れたものの、教職の空きがないんです。同級生たちも、ことごとく奉職先が決まらなくて」

「こっちに帰ってきたらどうだ。おれも郡役所に勤めているし、何かと融通がきくかもしれん」

「お気遣いはありがたいのですが、当座のあいだ東京で粘ってみようと思います。島村先生も、引き続き、家に居候させてくださるそうですから」

表向きは教員になることを第一志望としているが、晋平は音楽評論で食べていく望みも捨てていなかった。このところは抱月や相馬の勧めもあり、『早稲田文学』に批評を寄稿するべく、東京で開催される音楽会に足しげく通っている。作曲に関しても、文芸協会の演劇や舞踏劇を観るようになって、歌劇に取り組んでみたいと考えることもあった。

「まあ、いいんでないかい。明孝は勤めについているし、ほかの兄弟もよその家へ養子に入って、残るは晋平だけだもの。当人の気が済むようにすれば」

母、ぞうが茶の入った湯呑みを手に包み、慈《いつく》しむような目を晋平に向ける。

「まったく、おっ母ぁは、昔から晋平にだけは甘いんだものなあ」

明孝が苦笑した。

「そうだ、おっ母ぁ、これを……。東京の土産です。ビスケットという西洋菓子で、気に入ってもらえるといいんですが」

晋平がかたわらに置かれた菓子折りを差し出すと、箱を開けたぞうは目を見張った。

「あれまあ、たいそうなものだこと。口に入れるのがもったいないようだ。まんず、父っつぁに上がっていただこう」

ぞうが仏壇のある壁際へ移り、菓子折りを供えて線香をあげた。父の位牌《いはい》に向かって、何やら低い声で語り掛けている。

子供時分から、幾度となく目にした光景だった。父は早くに他界したが、その魂は母の中に溶け込んでいて、晋平には常に両親から見守られている安心感があった。

仏壇のほうを眺めていた明孝が、晋平に目を戻す。

「それはそうと、文芸協会の『人形の家』はべらぼうな当たりを取ったそうじゃないか。新聞にも大きく出ていたよ。なんでも、芝居を観た人のあいだに、自覚という言葉が流行っているとか」

「そうなんです。去年の帝国劇場が大入りだったので、今年になってからは大阪の中座でも上演しましてね」

「島村先生が舞台監督をなさっているのだな。評判が上々で、先生もお喜びになっているだろう」

「舞台のほうはうまくいっているのですが、でも……」

視線を手許に落とした晋平を見て、明孝が表情を曇らせた。

「そうか、そうだったな。先生の坊っちゃんは、じつにおいたわしいことだった」

「ええ。たった四つで、かわいい盛りでしたから……」

抱月と市子の三男、真弓が亡くなったのは、去年の十一月二十九日早朝であった。数日前から風邪を引いていたのだが、容態が急変したのだ。折しも帝国劇場での公演初日を終え、帰宅したばかりだった抱月は、高熱で身体を痙攣《けいれん》させている息子につきっきりで看病にあたったものの、幼い命はあの世へ旅立ってしまった。

抱月に抱き上げられ、新築中の家に早く引っ越したいと笑ったあどけない顔が、晋平の脳裡《のうり》に浮かぶ。抱月とて、引っ越していくらも経たないうちに真弓を失うなどとは、毛筋ほども思っていなかっただろう。

中山家の仏壇でくゆっている線香の匂いが、なぜか島村家に漂う悲しみを思い出させた。

――中山君、私はいつもこうなんだ。何か一つまとまった仕事をすると、きっと何かしらの不幸に見舞われる。何だろうね、そういう宿命なんだろうか。

葬儀のあと、抱月がひっそりと呟いたのが、いまも耳から離れない。『人形の家』の翻訳を仕上げれば、自身が心身を病む。舞台監督として全三幕を上演すれば、我が子に先立たれる。おそらく、そういいたかったのだろうが、晋平には抱月に掛ける言葉が見つからなかった。

「次の公演は、決まっているのか」

気を取り直すように、明孝がいった。

「来月、有楽座でズーダーマンの『故郷』を上演することになっています。こんども脚本の翻訳と舞台監督は島村先生の受け持ちで、真弓ちゃんのことではかなり心を痛めておられましたが、いまは舞台の稽古があるからと、気持ちを奮い立たせていらっしゃるように見えます」

「お辛かろうが、何か打ち込むものがあれば救いになるかもしれんな」

「僕が音楽学校に通うことができたのは、むろん兄さんとおっ母ぁのおかげですが、先生が面倒を見てくださったからでもあるんです。僕なりに、ご恩返しができればと思っています」

「もちろんだ。お前で役に立てるなら、しっかりお支えして差し上げなさい」

兄の言葉に、晋平は力強くうなずいた。

「そういえば、『人形の家』でノラをやった女優が、『故郷』でも女主人公のマグダを演じるんです。松井須磨子といって、松代の出なんですがね。お姉さんの嫁ぎ先が東京の菓子屋で、そこを頼って上京したそうで……。さっきお渡しした菓子折りは、その店で買ったんです」

「ほう、松代の人だとはこのあたりにも聞こえていたが……」

「晋平、その、女優ってのは何をする人なんだい」

仏壇の前から戻ってきたぞうが、片方ずつ膝を折りながら訊ねた。

「女優というのは、女の役者のことですよ」

それを聞いた途端、臭いものに鼻を近づけでもしたかのように、ぞうが顔をしかめた。

「女の役者だなんて、よくもそんな恥ずかしいことができるものだね。松代には親きょうだいがいなさるのだろうが、お気の毒に。一家から河原者が出たなどと周りに知られたら、肩身が狭くて表も歩けないに違いない」

「おっ母ぁ、そうじゃないんです。女優は、新しい時代のれっきとした職業なんですよ」

「だが、役者なんてものは、ご贔屓《ひいき》さんがいて初めて成り立つ商売なんだ。人気が出ればおのずと暮らし向きも派手になるし、ご贔屓さんに呼び出されれば断ることもできないだろう」

母が暗に役者買いのことをいっているのだと晋平は察した。在方にはまだそうした見方が根強く残っているのである。

晋平が困惑していると、明孝が横から口を入れた。

「おっ母ぁのいうこともわからなくはありませんが、いまは時代が違ってきているんですよ。私も晋平から手紙をもらったり新聞で読んだりしましたが、文芸協会というところは、おっ母ぁがいまいわれたような旧弊を取り払って芝居の地位を高めようと、研鑽《けんさん》に励んでいるそうです。なんといっても、早稲田大学の坪内逍遥博士が率いておられるとあって、女優たちも世間から厚く信用されているとのこと」

「そんなら、まあいいが……。おらはただ、晋平が女の役者と関わり合って、おかしなことになってはいけないと、それが気に掛かって……」

「おっ母ぁ、どうかご案じなさらないでください。坪内先生はそれは厳格なお方だし、島村先生の書生をしている僕ですら、研究所に気安く立ち入ることはできないんですから」

晋平がそういうと、ぞうはようやく得心した顔になった。

十一

五月に入ると、有楽座では文芸協会の第三回公演として『故郷』全四幕の上演が始まった。

初日の舞台を観た晋平は、マグダ役に扮した松井須磨子の演技に圧倒された。堂々たる貫禄を身にまとい、舞台に大輪の花が咲いたようだった。新聞各紙も公演の模様を詳細に伝え、須磨子の演技を絶賛した。

しかし、千秋楽《せんしゅうらく》を迎えた数日後に当局の検閲《けんえつ》が入ってその後の上演が差し止めとなり、これを受けて文芸協会が脚本に修正を加えると、禁が解かれることとなった。そうした一連の騒動が宣伝のような役割を果たし、六月には大阪の帝国座、京都の南座でも興行を打つ運びとなったのだった。

「ノラもマグダも、新しい女と呼ばれてちやほやされているみたいだけど、何がそれほどもてはやされるのか、わたしにはさっぱりわかりませんよ」

縁側の鳥籠《とりかご》で飼われている文鳥に餌をやっていた晋平は、市子の声で居間を振り返った。円卓の上に、二冊の小冊子が載っている。

「『青鞜《せいとう》』の附録《ふろく》ですね」

表紙に目をやりながら、晋平は円卓のかたわらに膝を折った。

平塚《ひらつか》らいてう女史らによって創刊された女流文芸雑誌『青鞜』は、明治四十五年一月号で「附録ノラ」、同六月号で「附録マグダ」を特集した。いずれも、文芸協会の『人形の家』と『故郷』を取り上げたかたちである。

関西での公演も好評だった文芸協会は、今月七月には名古屋の御園座で興行することになり、抱月も三日ほど前に東京を発《た》っていた。

「『人形の家』は、奥様にはあまり面白くありませんでしたか。試演会では、舞台に引き込まれていたようにお見受けしましたが」

「西洋風の服装とか、洋室の調度類が物珍しかったんですよ。それに、ノラは三人の子供を持つ母親で、自分と近い感じがしたから……。でも、おしまいに子供たちをおいて家を出ていくなんて、思いもよらなかったわ。とんだ不人情じゃありませんか」

『人形の家』の試演会には顔を出した市子だったが、ノラの心情にどうしても共感できなかったらしく、やはり古い因習にあらがう女を描く『故郷』は観る気になれないといい、劇場に足を運んでいない。

「お言葉を返すようですが、あれはノラが自分の人生を自覚するところに妙味《みょうみ》があって、島村先生がいちばん苦心されたのも、その点でして」

「そうはいってても、ノラには家を出たところで食べていくあてもないだろうに……。ノラをやった役者は、芝居とはいえ、いったいどういう了簡《りょうけん》で家出ができたんでしょうね。あの人、子供はいないのかしら。ええと、何という人でしたっけ」

「松井さんです。松井須磨子」

「そう、その人」

「お子さんはいないはずです。結婚はなさったそうですが、いまはお独りだと」

「そうでしょうねえ。所詮、子供を産んだことのない人に、母親の気持ちはわかりっこないんですよ」

決めつけるようにいうと、市子は腕に抱いている赤ん坊をのぞき込み、ふっくらした頬を指先でつついた。去年の暮れに生まれた敏子《としこ》である。幼い真弓を亡くしたのち、ほぼ半月ばかりで出産を迎えた市子は、いっときすべての感情を失ったように見えたが、生まれてきた赤ん坊がすこぶる元気なのもあって、わずかずつながら平常を取り戻しつつあった。

「女はね、家の中のことにだけ心を砕いていればいいの。なまじ知恵をつけると、あれやこれや口を出さずにはいられなくなって、きっと波風が立ちますよ」

「…………」

人がものを考えるにあたっては、誰もが自分なりの物差しを持っている。晋平は、折にふれ抱月のレクチュアを聞き、抱月の書いた原稿を読むことで、新しい時代の物差しを獲得していったが、そうでない市子は、たとえ同じ屋根の下で暮らす夫婦であっても、これまで通りの物差しをなかなか手放せないのだろう。

もっとも、世間の大方は市子と同様の考え方をするのがじっさいだった。明治の世になって四十余年が経つとはいえ、人の頭は容易に切り替わるものではないようだ。『人形の家』の試演会で涙を流していた婦人らも、思い返してみると、いずれも青鞜社の同人であった。逍遥がイプセン劇を時期尚早とし、沙翁劇にこだわったのも、晋平には合点がいく。

赤ん坊が、大きな声で泣きだした。

「おお、よしよし。うまうまをあげましょうね」

赤ん坊をあやしながら、市子が腰を上げた。

晋平は自室に戻り、その後、『早稲田文学』の編輯室に用があっていくと、折しも相馬が印刷所から帰ってきたところであった。

「中山君、表はまるで真夏のような暑さだよ」

上衣を脱いだ相馬が、襯衣《シャツ》の襟を弛めて首許に風を入れている。

晋平は台所へいき、湯呑みに麦茶を注いできた。

「今年は空梅雨ですね」

湯呑みを差し出すと、相馬は「ありがとう」と受け取って、麦茶をひと息に飲み干した。

ボーン、ボーンと、居間の柱時計が鳴っている。

「名古屋ではいまごろ、島村先生が楽屋と舞台を行ったり来たりなさっているでしょうか」

晋平にいわれて、相馬も柱時計の音に耳を傾ける。

「そういえば、今日は御園座の初日だったな」

「去年の同じ時季は雨の日が続いて、じめじめしていました。先生のお加減もあまりよくなくて……。試演会で『人形の家』を上演すると決まり、稽古が始まったあたりから、少しずつ調子が上向かれたように思います」

「ああ」

「『故郷』の舞台監督でも、じつに楽しそうに稽古へ出向いておられました。各地での公演も、こんなふうに精力的に出掛けられるようになるとは、一年前には想像もつきませんでした。本調子に復されて、ほんとうによかった。イプセン劇の舞台監督という役どころが、よほど性に合っていらしたのでしょうね」

「ああ」

相馬が相づちを打つものの、どことなく上の空といった表情だ。

「相馬さん、どうかなさったのですか」

「ああ……、すまん。ちょっと考え事をしていた」

「何か、気に掛かっていることでも」

「それが、軽々しく口にできることではなくて……。待てよ、中山君には話しておいたほうがよいのかも」

独り言のようにつぶやき、相馬はなぜか気遣わしそうに居間のほうへ目をやった。

「奥様はいま、どうなさっている」

「赤ん坊と、奥の部屋に」

手振りでもう少し近寄るようにと示され、晋平はその通りにする。

「島村先生に、よからぬ風聞《ふうぶん》が立っている」

ごく低い声で、相馬がいった。

「風聞、といいますと」

「島村先生と東儀さんで、松井須磨子の取り合いになっているというんだ」

「ふぁっ?」

己れのものとは思えぬ声が出て、晋平はあたりを見回した。相馬が口に人差し指を当てている。

風聞は、まず協会幹部の東儀鉄笛が須磨子にちょっかいを出したというものだった。『人形の家』で三月に大阪へ行ったときのことで、須磨子も満更ではなさそうだった。だが、それを快《こころよ》く思わない抱月と東儀とのあいだで、ひと悶着《もんちゃく》あったようなのだ。その後、にわかに抱月が須磨子へ近づき、六月に大阪、京都の公演へ赴いた折には、近隣の名所へ足を延ばして遊山《ゆさん》を楽しんだ。まるで夫婦のようであったという。

「楽屋では、白粉《おしろい》を頸《くび》に塗ってちょうだいと須磨子が先生にしなをつくる。先生もほくそ笑んで、牡丹刷毛《ぼたんばけ》を手になさる。芝居中も、舞台裏の暗がりで二人が顔を寄せ合っている。と、そんな具合だ」

「…………」

「いずれも、文芸協会に出入りしている早稲田の学生から聞いたんだ。少しは話が大げさに作ってあるかもしれんが、まるきりでたらめでもないだろう」

相馬の深刻めいた顔を見つめたまま、晋平は言葉がなかった。

「中山君、このところ先生の身の回りで、気のついたことはなかったかい」

ふと、思い当たった。今月初めのことだ。人に会う約束があるといって、抱月が家を出ていったあと、晴れていた空が急に掻き曇り、激しい雨が降ってきた。雨は三十分ほどもするとき小降りとなり、ほどなく熄んだ。しばらくして帰ってきた抱月は、雨のせいで約束した相手に会えなかったと、がっくり肩を落としていた。

晋平が気になったのは、抱月の表情である。待ち合わせの相手と行き違ったくらいで、そんなに打ちひしがれるものだろうかと、妙に思ったのを覚えている。

だが、それだけのことだった。約束の相手が須磨子だという確証はない。たまたま梅雨の話をしたので、雨の日の光景が思い浮かんだようでもある。

抱月には市子という妻と、六人の子供があるのだ。雨の日のあとも、赤ん坊を風呂に入れたりおしめを換えたりするよき父親ぶりを、晋平は幾度となく目にしている。

「とくだん、ふだんと変わったご様子はなかったと思います」

「そうか。いずれにせよ状況がはっきりするまで、我々は静観するほかないだろうな」

相馬の口から、ふたたびため息が洩れた。

十二

明治天皇が崩御《ほうぎょ》し、元号が大正と改まったのは、七月三十日であった。人々は悲しみに沈み、町は静まり返った。照りつける陽射しも、切れ目なく鳴きたてる蟬の声も、重く感じられる夏の到来となった。

まだ至るところに喪の色が漂っている八月二日の午後七時、市電を飯田橋《いいだばし》で降りた晋平は、麴町《こうじまち》区の邸宅街を駆けていた。

「うちの人が、こんな時間になって、また出掛けたの。天野《あまの》教授と長野行きの打ち合わせをするといっていたけど、怪しいわ。中山さん、教授のお宅へ確かめにいってくださらない」

島村家の台所で夕食を摂《と》っていた晋平は市子に命じられ、家を出てきたのだった。

すでに陽は暮れているものの、空にはいくぶん明るさが残っている。凪のない路上には昼間の暑熱がとどまり、まるで蒸し風呂の中で手足を動かしているようだ。

「いいこと、うちの人が教授のお宅に伺っていたとしても、気を抜いてはなりませんよ。帰りがけに、九段下《くだんした》あたりであの女と逢引きするかもしれないんだから」

天野為之《ためゆき》は早稲田大学商科の教授で、抱月と共に長野で開かれる講習会の講師として招かれていた。天皇崩御の訃報《ふほう》を受け、講習会はいったん取りやめになったが、その後、日時を変更して開催すると決まり、抱月と天野は明後日の四日に東京を発つこととなった。

あの女、と市子がいうのは、もちろん松井須磨子のことだ。抱月と須磨子の仲が噂《うわさ》になっていると、晋平が相馬から聞いた前後に、市子の耳にもどこからか入ったらしく、このところは夫のちょっとした外出にも神経を尖らせている。

抱月と須磨子に関しては、晋平も首をひねりたくなることがないわけでもない。あれは天皇崩御の十日ほど前、文芸協会が公演先の名古屋から東京へ帰ってきた夜であった。新橋停車場まで一行を迎えに出た晋平は、改札口から出てきた抱月に命じられ、一台の人力車を雇った。すると、抱月みずから須磨子の手を取り、座席へ乗せてやったばかりか、膝掛を直したり荷物を上げたりと、かいがいしく世話を焼いていたのだ。

てっきり抱月が乗るものと思い込んでいた晋平は、相馬から話を聞いていたのもあり、どきりとした。

だが、考えてみれば、舞台監督が主演女優を大切に扱うのは、当たり前ではないだろうか。『人形の家』でも『故郷』でも、須磨子は抱月が意図するところをくまなく汲《く》み取り、抱月が思い描いたそのままの女主人公になってみせた。舞台監督からすれば、そうした女優を手厚くねぎらいたくなるのも、もっともだという気がする。

なんといっても、理知的で、ブリリヤントで、よき家庭のお父さんなのだ。『人形の家』や『故郷』で男女のラヴを論じることはあっても、なまなましい色恋と抱月とが、晋平にはどうしても結びつかない。

とはいえ、抱月の演劇に対する意気込みを解さない市子にそれを話したところで、すんなりと得心してはもらえないだろう。

大きく上下する胃の中で、夕食のご飯と焼き魚が揉《も》みくちゃにされている。口からげっぷが洩れ、晋平は兵児帯の上を手でさすった。

「ええと、こっちかな。飯田町……、天野……」

紙片《しへん》に書き付けられた住所と、門口に出ている表札を見比べながら、角を曲がろうとしたときである。向こうから歩いてきた男と、出会い頭にぶつかりそうになった。

「すっ、すみません」

肩をすくめた晋平の目に、紺絣《こんがすり》の着物とパナマ帽、そしてステッキが飛び込んでくる。

全身の毛穴が縮《ちぢ》み上がった。

「あっ。せ、せ、先生……」

「きみ、気をつけて歩きたまえ」

抱月とよく似た人相の男が、晋平を短く戒めると角を折れていった。

「ひ、人違いか……」

腋《わき》の下に、冷たい汗が流れていく。

じきに、天野教授の邸宅は見つかった。杉の生垣《いけがき》越しに、部屋に灯《とも》るあかりが見えているが、抱月が訪ねてきているかは判断がつかない。

なるたけ不審に思われぬよう、邸宅前の通りを行ったり来たりしながら、何の因果《いんが》でこんなことをしなくてはならないのかと、晋平は情けなくなった。

今しがたぶつかりそうになった男が本当に抱月だったとしたら、どうしていただろう。奥様が先生を疑っているからとでも言い訳をしただろうか。あるいは抱月が言葉通りに天野教授を訪ねていたとして、玄関から出てきたところに鉢合わせたなら、己れはどんな顔をすればいいのだろう。

電柱に寄りかかってみたり、細い路地の入り口に立ってみたりと、三十分ほどうろついていただろうか。ふいに、天野邸の門口から二人の男が出てきた。

あたりはだいぶ暗くなっているが、一人は恰幅《かっぷく》のよい中年で、いま一人は若者だ。その風体《ふうてい》から、家の主人が書生を連れて銭湯へ行くところと思われた。見れば、先ほどの部屋のあかりが消えている。

ということは……。

どうも抱月は訪ねていないらしい。そうと見当がつくと、晋平は来た道を引き返した。

これで抱月が偽りを口にしたのがはっきりしたわけだが、さもありなんという気もした。今日の午前中に大学で執り行われた明治天皇の追悼式で、抱月は天野と顔を合わせたはずで、その折に打ち合わせもできただろうことは、容易に推測できるのだ。

いずれにしても、目にした通りをそのまま市子に報告したのでは、子供の使いでしかない。

奥様には、先生が天野教授のお宅にいらしたことにしておこう。客間の声が表の通りまで響いてきて、たいそう話が弾んでいる様子なので、僕は帰ってきたことにすればいい。うん、我ながら名案だ。

帰りの電車では、飯田橋へ向かったときよりもずっと平静でいられた。少なくとも、抱月のあとを尾《つ》けて、須磨子と逢引きしているところを目にすることはなくなったのだ。

戸塚村に着く頃には、すっかり暗くなっていた。

玄関の硝子戸を引くと、三和土《たたき》に見慣れた下駄とステッキがあるのが目に入った。晋平がいくぶん出鼻をくじかれた気持ちになっていると、奥から市子があらわれた。

「ご苦労」

ひとこといい置いて、二階へ上がっていく。ぞんざいで、ねぎらいが毛筋ほども感じられない口ぶりに、晋平はわずかにむっとしたが、何はさておき、汗だらけになった着物を着替えてさっぱりしたい。

自室で浴衣に袖を通していると、「中山さん、ちょっと……」と春子が入ってきた。晋平は春子に背を向け、前を合わせて兵児帯を締める。

「お春坊、先生は帰っておられるのだね」

「ええ、二階にいるわ」

「ちょうど入れ違いになったんだな。まあ、それならそれでよかった」

「高田馬場で、わたしたち見つけたの。お父さまと松井さんが逢引きしているのを」

分厚い手のひらで、横っ面を思いきりはたかれたようだった。着替えたばかりの浴衣に、さっきとは異なる汗が滲む。

そろそろと振り返ると、春子が泣きそうな顔をして立っている。晋平が家を出てほどなく、市子と春子は、須磨子の下宿がある大久保《おおくぼ》へ向かったそうだ。

表情とは裏腹に、春子の口調は淡々としていた。

「大久保の、あのあたりは見当がつかなくて、近くまで行ってそのへんのおかみさんに訊ねたの。そうして、下宿先の斜向《はすむ》かいで待っていたら、女の人が出てきて……。縮《ちぢみ》だか絽《ろ》のよそ行きを着て、髪の毛やお化粧もきちんとなさっているから、一目で松井さんとわかったわ。あの人、細い路地をぐるぐると回り道して、新宿の停車場へ行ったのよ。誰かがあとを追いかけてくると、気づいたんでしょうね。お母さまは敏子をおんぶしているし、周りもどんどん暗くなってくる。わたし、見失わないように必死だったわ」

「奥様は、敏ちゃんまで連れていったのか……」

「切符売り場で、すぐ後ろに並んだのよ。でも、どこへ行くのか見当がつかないでしょう。それで、松井さんが切符を買ったあと、わたしにも同じのを、といってお金を出したの」

「へえ、なるほど」

口にしてから、いまは感心している場合ではないと思い直す。

切符の行き先は、高田馬場となっていた。

「高田馬場で電車を降りて、松井さんから離れて階段を下りていったら、改札の外にお父さまがいらして……」

その光景を思い浮かべ、晋平は顔をしかめる。

抱月と須磨子は停車場の西側に広がる松林へ入り、あとを尾けてくる人影から逃れるように、木立の下をあちらこちらへ折れ曲がった。抱月は人影が自分の妻と娘だとは気づいてなかったようだが、ついには市子が抱月に追いつき、後ろから襟首を摑んだという。

聞いているだけで、息苦しくなってくる。しかし、春子が続けた言葉は、さらなる衝撃を晋平に与えた。

「中山さん、あの……。うまずめって、どういう意味」

「な、お春坊、どこでそんな」

春子の顔を見返し、はっとする。

「奥様がおっしゃったのか、松井さんに」

春子がゆっくりとうなずいた。

「このあばずれが、お前なんかうまずめのくせにって」

一瞬、晋平は頭が真っ白になった。

「そ、それで、松井さんは」

「大きな目を、めいっぱい見開いて、着物の襟許を手で押さえて、はあっ、はあって息を吐いて、それから、よろよろと地べたに膝をついて頭を下げて……。申し訳ございません、死んでお詫《わ》びいたします、と……。ねえ、うまずめって、どういうこと」

晋平は返答に窮《きゅう》した。須磨子は結婚を二度しているものの、どちらの相手とのあいだにも、子はいない。晋平が何かで読んだ記事には、一人目の夫から性病をうつされたのが因《もと》で、子を産めぬ身体になったと書かれていた。市子もどこかで目にしたのだろうが、それを齢頃の娘の前で口にするとは。

二階で大きな声がしたのは、そのときだった。

「ぼくも死ぬッ。死なせてくれッ」

晋平が部屋を飛び出すと、二階から市子が下りてきた。

「弱ったわねえ。厄介なことになったわ」

ほつれて頬にかかった鬢《びん》の毛を、荒っぽい手つきで耳の後ろへなでつけている。心なしか、顔色が青みを帯びていた。

「奥様……。いま、春子お嬢さんからざっと話を聞いたところです」

「そう。女のほうは大久保へ帰らせたのだけど、いまごろは首を縊《くく》っているに違いないと、うちの人がいい張ってゆずらないのよ」

「あの、死んでお詫びすると、松井さんがいったそうですね」

「どうせ芝居ですよ、あんなのは」

首を伸ばして二階のほうをうかがっていた市子が、素っ気なくいって顔を戻す。

「ふつうの女なら、泣いて何もいえなくなるんじゃないかしら。これ見よがしに土下座なんかして、しらじらしい」

ふたたび落ちてきた鬢の毛を小うるさそうに掻き上げる市子を、晋平は気を呑まれたように見つめた。

「いちおうこれから、うちの人と大久保の下宿を見てくるわ。部屋にあかりが灯っているのを目にするまでは、安心できないというんですもの。ただ、万が一のことがあるとわたし一人では心許ないし、中山さん、すまないけど雅一さんを呼んできてくださらない」

声に有無をいわせぬ力があった。

ふたたび玄関を出た晋平は、暗い夜道を駆けだした。いったい、どれだけ走らされる日なのだろう。

十三

本郷から戻ってきたときには、夜十二時近くになっていた。

近隣の家々はとうに灯を落とし、暗闇にひっそりと溶け込んでいる。島村家の居間から洩れる石油ランプのあかりが、晋平の目には一種異様なものに映った。

市子が落ち着かなそうに、門口のそばを行ったり来たりしていた。

「奥様、僕だけ先に電車で帰ってきましたが、佐々山さんもおっつけ人力車でお見えになります。あの、先生はどちらに」

「二階よ。今しがたも、死ぬ、死ぬとわめき散らして、ひどく取り乱しているの。雅一さんにも会いたくないといっていて……。中山さんは、うちの人についていてもらえませんか。雅一さんには、わたしが事情を話しますから」

「かしこまりました。ちなみに、大久保の下宿にはいらしてみたんですか」

「ええ、行きましたよ。でも、部屋のあかりが消えていてね。時間も遅いし、今夜はもう寝たんでしょうけど、うちの人は女が首を縊ったものと、すっかり思い込んでしまって……。死んでいないといくらいっても、聞く耳を持たないのよ」

市子が小さく息を吐く。

晋平が重苦しい気持ちで玄関を入っていくと、階段の中ほどに春子が腰掛けていた。膝を抱えてうつむいている。

「お春坊、まだ起きていたのか」

「中山さん……」

こちらへ向けられた目に、生気がなかった。

「先生は書斎かい」

「ううん、客間のほう。さっきまで壁や畳を叩いてもの凄《すご》い音を立てていたけど、急におとなしくなったみたい」

「今日は疲れただろう。あとは引き受けるから、もうお休み」

肩を落として奥へ入っていく後ろ姿を見届けながら、春子には辛い一日であっただろうと、晋平は胸が痛んだ。

二階の客間は暗く、しんとしていた。遠慮がちにのぞいてみると、ふだんは床の間に掛けてある掛け軸が下に落ち、置き物の白磁《はくじ》の壺《つぼ》も横倒しになっている。

静寂の底に、抱月が大の字になっていた。窓から月の光が差し込み、肉付きのとぼしい身体の上に青い影を落としている。眼窩《がんか》のくぼみが黒く塗り潰されていて、目が開いているのかはわからない。頬骨の高くなったあたりが雨に濡れたように光っているのは、涙の跡だろうか。

荒涼とした広野に転がっている髑髏《しゃれこうべ》を連想して、晋平は背筋がぞくっとなった。

ひょっとして、息をしておられないのでは……。

思わず身を乗り出しかけたとき、薄い胸板が膨らんだ。

「死んでいると思いましたか」

抱月の頭が、畳から持ち上がっている。

「わっ。え、ええと」

「中山君、冷やでいいから、酒を持ってきてくれたまえ。盃ではなく、湯呑みだぞ」

首を晋平のほうへねじり、抱月が指図した。いつになく強い口調である。

「は、はい……。少しばかり待っていてください」

晋平が台所で一升瓶から燗徳利《かんどっくり》に酒を移し、湯呑みを携えて戻ってくると、抱月は起き上がって胡坐《あぐら》をかいていた。晋平から燗徳利を奪い取ると、そのまま口をつけ、あっという間に酒を呑み干す。

「ふうっ。もう一杯」

「先生、たいそう興奮しておられるようですし、いっぺんにたくさん召し上がりますと、お身体に障《さわ》るのでは」

「構わん。つべこべいわずに持ってこい」

晋平はしぶしぶ台所に引き返し、こんどは燗徳利に六分目ほど酒を注いできた。もともと心臓の弱い抱月に、たらふく呑ませるわけにはいかない。

「下には、これだけしかないんです」

「む」

抱月はまたしても顔を仰向け、咽喉仏を上下させながら呑み尽くすと、どん、と燗徳利を畳に置いた。尻をずらして晋平に向き直り、おもむろに口を開く。

「いいかね、ぼくはきみに話をする。手を出したまえ」

いわれた通りにすると、いきなり両手を握りしめられた。

抱月のじっとりとした熱感《ねつかん》が肌に伝わってくる。

潤んだ目で見据えられ、晋平は声も出せない。

「ぼくはね、ラヴをしたのだ。これ以上の大事件が、またとあろうとは思えない。四十二にして、ぼくは初めて目覚めたんだよ。大正元年八月二日、記念すべき日だ。しかし、それが今夜」

ぶつりと声が途切れる。

「し、死なせてくれ。どうしても死ぬんだ。妻は、ぼくとあのひとをひどく罵った。あんな目に遭って、あのひとが生きていられるわけがない。ぼくも死ぬ。一つはラヴのために、一つは義理のために。ぼくは、死ぬのを何とも思わんよ」

両手を揺さぶられながら、晋平は唖然《あぜん》とするばかりだった。これが、理知的で、ブリリヤントで、よき家庭のお父さんと同じ人物だろうか。ふだんの抱月からあまりにかけ離れていて、目の前で起こっていることに、頭がついていかない。

ふいに、指先が畳に触れた。抱月が晋平の手を離したのだ。

「酒だ。酒を持ってきたまえ」

鼻先に燗徳利が突き出される。

「先生、ですからお酒はもう」

「先だって中元に届いた一升瓶が、どこかにあるはずだ。あれを探してこい」

「…………」

「持ってこないと、ほんとうに死ぬぞ。窓から飛び降りてやる」

脅すようにいって、腰を浮かしかける。

「わ、わかりました。ちょっと探してきますから、早まったことはなさらないでください」

晋平は燗徳利を手にして部屋を出た。

台所には、いつのまにか市子の顔があった。

「ついさっき、雅一さんが見えたところ。ひとまずは居間にいてもらうことにしたわ。会いたくないといっているのに顔を出すと、兄さんが逆上するんじゃないかとおっしゃるから……。ねえ、うちの人はどう？」

まだ頭に血がのぼっておられるようです、と晋平は応えた。市子と話をしていると、晋平の気持ちにもいくらか余裕が生まれた。

市子が水の入った湯吞みを持っていくというので、晋平は金盥《かなだらい》に水を汲み、手拭いを添えて階段を上がった。

「何だ、これは。酒を持ってこいといったんだぞ」

湯吞みに口をつけた抱月が、不満をあらわにした。

「先生、少し頭を冷やされてはどうです」

「あなたを心配してるんですよ、中山さんは」

市子がすかさず口を添える。

「僕は……、先生が松井さんを、その、依怙《えこ》贔屓なさっているらしいと耳にして、気を揉んでいたんです。でも、先生には奥様とたくさんのお子さん方がおいでになる。大学教授の身分もおありになる。ほかの人たちが噂するような、不道徳な振る舞いをなさる方ではありません。先生と松井さんは、純粋に芸術を志す師弟よりほかの何ものでもないと、かたく信じてたんです。ですから、まさか……」

「先生に限ってそういうことはないと、中山さんはずっといい張っていたんですから」

声が耳に届いているのかいないのか、神妙に首を垂れていた抱月が、ゆらりと立ち上がった。部屋を出て階段へ向かう。酒の酔いが足にきたのか、よろけるようにして下りていった。

晋平も急いであとに続く。

「先生、どうなさったんですか」

「外の空気を吸いにいく」

「ちょ、待ってください。僕も」

下駄に足を入れ、ふらふらと玄関を出ていった抱月を追う。

抱月は門口に立って頭上を見上げていた。夜が更けても風はなく、空にかかる月もどこか気怠《けだる》そうだ。

近づこうとすると抱月が逃げるそぶりを見せたので、晋平は抱月の左腕に自分の右腕をまわし、しっかりと脇を締めた。

足許の覚束《おぼつか》ない抱月を支えながら、戸山ヶ原のほうへ歩いていく。

「ぼくのこれまでの人生に、偽りはつゆほどもなかった。だがここ三、四ヶ月、たしかにぼくの生活には偽りの分子が忍び入ってきた。恋は偽りを強《し》いるんだ」

問わず語りに、抱月が語りだした。

「ノラにしてもマグダにしても、ぼくの芝居であのひとは成功したんだよ。あのひとの芸術は、ぼくがあのひとに成り代わってやったようなものだ。まったくぼくのノラで、ぼくのマグダだ。ぼくの本物を、あのひとが演じたんだ」

口調が熱を帯びたかと思うと、やにわに立ち止まり、空いているほうの手で目許を覆った。ほどなく肩をふるわせ、しゃくり上げる。

「下宿の部屋が、真っ暗だった。あのひとは死んだに違いない。妻が暴言を吐いたせいで、あのひとの心を傷つけてしまった。ぼくも……、ぼくも死ぬ」

「先生、そんなに思い詰めないでください。松井さんは、きっと生きておられます」

晋平がなだめると泣きやみ、また歩き始める。半町ほど進んでは、「死にたい」と身もだえして叫ぶ。

時折、抱月は腕を振りほどこうとしたが、若さも体格もまさる晋平にはかなわなかった。

足を踏ん張ったとき、晋平はわずかな違和を覚えた。見ると、左足に雅一の下駄を履いている。己れも存外に気が動転しているようだ。人間は、自分よりも取り乱した人が隣にいると、自身の動揺に蓋をするようにできているのだろうか。さっきから市子の振る舞いがやけに冷静なように感じられるのも、こういうことなのかもしれない。

戸山ヶ原は、もともと尾張藩下屋敷《おわりはんしもやしき》のあった広大な土地を明治政府が軍用地としたところで、陸軍戸山学校をはじめ、砲兵《ほうへい》工学校や練兵場、射撃場といった施設が集まっている。周囲の雑木林や草原は一般にも開放されており、昼日中は兵隊のうたう軍歌が聞こえたり、近所の子供たちの声がこだましているが、いま時分は不気味な闇が広がるばかりだ。

こんな場所で、のべつまくなしに死ぬ、死にたいと叫ぶ抱月と一緒にいるところを、見回りの歩兵や巡査に呼び止められでもしたらと思うと、晋平は気が気ではなかった。

「あのひともかわいいが、妻だってかわいい。ぼくは両方を愛するつもりでいる。女にはそれができないが、男にはできる。なあ、そうだろう。中山君も男だ、わかってくれるね」

「ええ、まあ、そうでしょうか」

自分でも間が抜けていると思いながら、相づちを打つ。少しくらい間が抜けていても、いまは抱月に命を絶たせぬようにするのが、己れに課《か》された使命なのだ。

「ああ、ぼくを死なせてくれ。ぼく一人が生き残っていたら、あのひとに申し訳が立たない。あのひとが死んだとすれば、坪内先生にもすまない。大学にもすまない。ぼくは生きていられない」

抱月がふたたび泣きだした。まるで図体だけが大きくなった駄々っ子だ。

晋平は持て余す心持ちになるが、乗りかかった船である。

「松井さんは、これしきで死んだりなさる人ではないんじゃないでしょうか。そうお案じなさらなくても」

「きみに何がわかる。いい加減なことをいうと承知せんぞ」

拳を振り上げた抱月の目を、晋平は横からのぞき込んだ。

「ノラやマグダを舞台で観て、松井さんは演劇という芸術に一心不乱で打ち込んでいるんだと、深く感じ入りました。そういう人が、容易に芸術を手放すとは思えないんです」

「な、中山君……」

硬い小石のような瞳が、涙の中で泳いでいる。

「口幅ったいことをいうようですが、僕だって芸術家のはしくれです。そのくらいは、わかります。松井さんは、死にませんよ」

晋平とて、確たる拠《よ》りどころがあるわけではなかった。しかし、この場を切り上げるには、こういうほかないのだ。

「ふむ、きみがそれほどまでにいうのなら……」

抱月が拳を下ろした。

帰り道も、抱月は晋平に脇から支えられ、足を引きずるようにして歩いた。時どき立ち止まり、口をもごもごさせたが、洩れるのはため息ばかりだった。言葉も出てこないほど、疲れたのかもしれない。

家に戻り、晋平が一階の寝間へ連れていくと、抱月はみずから蚊帳《かや》に入り、そこで力尽きたように布団に倒れ込んだ。ほどなく、鼾《いびき》をかき始める。

居間で市子と起きて待っていた雅一が人力車で本郷へ帰っていき、晋平も自室で横になった。時計の針が、三時をまわっている。

長い、まことに長い一日だった。

だが、それはほんの序章にすぎなかったのである。

十四

目を閉じても、その日にあったことが頭の中をぐるぐると駆けめぐり、なかなか寝付けなかった。ようやくまどろんだのは、東の空が白み始めた頃であっただろうか。

夢か現《うつつ》か判然としないあわいをたゆたっていると、突然、眠りの外に女の声を聞いた気がした。

「ごめんください」

声は玄関で響いていた。目を開けると、枕元の時計は九時を示している。

霧が立ち込めたようにぼうっとする頭で考える。朝一番に、誰が訪ねてきたのだろう。

静謐《せいひつ》で、それでいて凛《りん》と張ったあの声は、もしや……。

それにしても、どこかで聞いたことのある声だ。

晋平は勢いよく起き上がった。浴衣のまま部屋を出ていくと、所在なさそうに玄関を見まわしていた女が、形よく小腰をかがめた。

「こんな時間に参りまして、恐れ入ります。あの、島村先生にお取り次ぎ願いたいのですが」

松井須磨子である。思った通りだ。

頭の霧が、ぱっと晴れた。晋平は、縮の着物に身を包んでいる須磨子の足許に目を向けた。うっすらと透けている裾の下から、草履を履いた白足袋《たび》がのぞいている。

「しょ、しょ、少々お待ちください」

いい置いて、あたふたと奥へ引っ込む。

「おっ、奥様。松井さんがお見えになりました」

居間では、市子が敏子のおしめを換えていた。

「そう……、やっぱり死んでなかったのね」

ゆうべは一睡《いっすい》もしていないらしく、市子の顔はむくみ、目の下にくまが浮いていた。かたわらでは、同じくあまり寝ていないとみえる春子が、目を見開いている。

「先生に取り次いでほしいとのことですが、どうすれば」

「うちの人は書斎にいますから、わたしが二階の客間へお通ししましょう」

落ち着いた口ぶりだが、市子の表情はこわばっている。

市子はいったん腰を浮かし、少しばかり思案すると、おしめを換えたばかりの敏子を抱き上げた。

「お母さま、敏子をどうなさるの」

春子が不安そうに訊ねる。

「この子も連れて上がるんですよ。うちの人にはこんな赤ん坊がいるんだと思えば、あの女も自分の浅はかさに気がつくに違いない」

「大丈夫かしら……。かえって頭に血がのぼって、敏子に手を上げたりされるんじゃ」

「母親がついていて、そんなことはさせるものですか。震也たちもいればよかったのに、残念だこと」

震也や秋人、夏夫ら男の子三人は、学校が夏休みに入っているので、数日前から市子の実家へ泊まりがけで遊びにいっている。

春子が立ち上がった。

「わたしも行く。敏子に何かあるといけないもの」

「じゃあ、いらっしゃい。中山さん、あとでお茶をお持ちしてちょうだいな」

市子たちが居間を出ていき、晋平は茶を淹《い》れるために台所に入った。おみつは買い物にでも行っているのか、姿が見えない。

それにしても、須磨子はどういうつもりで訪ねてきたのだろう。昨夜、島村家は激震に見舞われたのである。その因が自身にあるのは容易に察せるだろうに、のこのこと顔を出すことのできる神経が、晋平にはどうにも解せない。

「中山さん、煙草《たばこ》も頼みますよぅ」

二階へ上がった市子の声が降ってきた。

晋平は茶の入った湯呑みに、来客用の紙巻き煙草と灰皿、マッチを添えて廊下へ出る。階段に足を掛けると、上から下りてきた抱月と顔を合わせた。

「先生、いまお茶を……。ともかく、松井さんが生きておられて、ようございましたね」

「きみの知ったことではない。下りていたまえ」

ぶっきらぼうにいうと、抱月は強引に盆を手繰《たぐ》り寄せ、二階へ引き返していった。

しばらくのあいだ、晋平は目をぱちくりさせることしかできなかった。何ゆえ剣突をくらわねばならないのか、まったく心当たりがない。

戸惑いながら自室に戻ったものの、じきに胸がむかむかしてきた。昨夜は須磨子が自裁《じさい》したと独り合点し、「ぼくも死なせてくれ」とさんざんわめき散らしたくせに、いまのが、あれほど気を揉ませた者に対してとる態度だろうか。

晋平はいま一度、部屋を出ると、足音をさせないようにして階段を上がった。まるで野良犬でも追い払うように邪険にされて、これでも、すごすごと引き下がるほど意気地なしではないつもりだ。

客間の障子は閉まっていた。晋平は入り口に近い壁に身を貼りつかせ、息をひそめる。

「ですから、二人はどういうつき合いなのかと訊いているんですよ。家の者に嘘をついて、外でこそこそと女に逢うなんて……。いったい、どういう関係なんです」

市子の甲高い声が、障子の向こうに聞こえていた。

「お前が疑っているような、不潔《ふけつ》な関係ではない」

抱月は、案外に落ち着いているようだ。

「そうはいっても、昨日は人気《ひとけ》のない場所で、身を寄り添わせていたじゃありませんか」

「後ろから追いかけてくるのが誰なのかわからんかったし、松井君を守ろうとして、そんなふうに見えただけだ。松井君とは、もっとこう、高尚な間柄なのだ」

「高尚……。どういうことですか」

「つまりだな、霊的な恋だ。気持ちだけの結びつきで、肉の交わりはない」

「そんなまやかしみたいなことをいって……。霊的とはいえ、恋は恋なのでしょう。妻としては、とうてい受け入れられません」

「ともかく、ふしだらをはたらいた覚えはないのだ。それなのに、お前は松井君に酷《ひど》い言葉を浴びせかけた。松井君に謝りなさい」

「なんですって。どうしてわたしが」

「先生、奥様。あたくしごときのためにいい争いをなさるのは、どうかおよしになってくださいまし」

須磨子の悲鳴にも似た声が、夫婦のあいだに割って入った。

「謝らなければいけないのは、奥様に誤解されるような振る舞いをした、あたくしのほうでございます。己れの分をわきまえ、身を慎むべきでございました。先生には、こちらにおられる齢頃のお嬢さんや、可愛らしい赤ん坊もおいでなのに……」

少しの間があって、市子が低く応じた。

「了簡してもらえるのでしたら、それでよろしいんですのよ。うちには春子や敏子のほかにも、四人の子供がおりましてね。子煩悩《こぼんのう》な主人を、子供たちも慕っておりますし、わたしだって変に騒ぎ立てたりはしたくありませんから」

「あたくし、どのように落とし前をつけるべきかと、ゆうべ一晩かかって考えたんです。いっそのこと文芸協会を辞めて、長野へ帰ることにいたします。今日はそれを申し上げに、こちらへ参ったんですの」

「ま、松井君、それはならんよ。きみは文芸協会になくてはならない女優なんだ。断じて、ならん。長野に引っ込むなど、この私が許さんぞ」

「あ、あなた……」

市子が声をわななかせる。

「奥様。先生はそうおっしゃっていますが、ここにお約束申し上げます。今後、あたくしが先生と二人きりで逢うことは、金輪際、ございません」

須磨子がきっぱりといい切った。

晋平の頭は混乱していた。昨夜、暗い戸山ヶ原をさまよった抱月、あれは幻だったのか。涙ながらに語ったラヴと、霊的な恋。どちらが本当なのだろう。それに、須磨子の言葉は本心から出たものなのか。

気づくと、部屋にいる人たちの腰を上げる気配がしていた。足音に細心《さいしん》の注意を払い、急いで階段を下りる。

直後に、二階で障子を開け閉てする音がした。

「中山さん、お客さまがお帰りですよ」

「はい、奥様」

何食わぬ顔で書生部屋を出ていくと、市子と春子のあとから須磨子が階段を下りてくるところだった。抱月は二階に残ったらしい。

「ちょっと、敏子をお願い。お客さまを門口までお見送りしてくるわ」

市子が抱いていた敏子を晋平の腕に移し、三和土にある下駄を履いて表へ出ていく。

続いて草履に足を入れた須磨子が、戸口に向かいかけて、何を思ったか框を振り返った。

感情のこもらない乾《かわ》いた目が、晋平の腕の中にいる敏子を見つめている。

晋平は我知らず、敏子に身を覆い被せていた。

須磨子はかすかに笑ったようである。

晋平が顔を上げると、市子が表から声を投げてきた。

「くれぐれも申しておきますけど、不潔な関係をするつもりさえなければ、主人とお会いになっても構いませんのよ。後ろめたいことがないのなら、こそこそと隠れて会うようなことはせずに、おおっぴらに家へ出入りなさればよろしいわ」

一瞬、須磨子の面上を、夜叉《やしゃ》が駆け抜けていった。が、それは晋平の錯覚だったかもしれない。

すっと背筋を伸ばしたとき、須磨子は惚れ惚れするような微笑を湛《たた》えていた。下足入れの横に立て掛けてあった日傘を手に取り、戸口をくぐる。

「では、おいとまいたします。ごきげんよう」

まばゆい光の中を、日傘の白が遠ざかっていった。

晋平の肩から力が抜けた。狂乱の一夜も、どうやらこれで区切りがついたようだ。

しかし、その後も不穏な出来事は止《や》まなかった。

あくる日、市子の実家へ兄たちと遊びにいっていた四男の夏夫が、急な病に罹って他界した。戸塚村に報《しら》せが届いたときには、すでに息を引き取ったあとだった。あいにく、抱月は長野で開かれる講習会のため、汽車で移動している最中であった。訃報は逗留先《とうりゅうさき》の宿に伝えられたものの、講習会は予定通り行われ、抱月は八月半ばになって帰宅した。

暑い季節でもあり、夏夫の亡骸《なきがら》は横浜で荼毘《だび》に付され、御骨になって戸塚村へ戻ってきていた。享年四歳。昨年の暮れに亡くなった三男の真弓と、奇しくも同じ年齢である。いまの家に転居して一年ほどのあいだに、夫妻は二度も我が子の葬式を出すことになったのだった。

晋平には、島村家が災厄をもたらす忌神《いまがみ》に取り憑《つ》かれているように思えてきた。また何かが起きるのではないかと、つい後ろ向きに考えてしまう。

不吉な予感は、夏夫が急逝した一ヶ月後に的中した。

十五

「中山さん、起きてくださいな」

夜もまだ明けやらぬうちから、晋平は市子に叩き起こされた。

「お、奥様。な、な」

「ちょいと、これを書き写してくださらない」

顔の前に突き出されている洋紙の束を、寝ぼけまなこで手にする。

「何ですか、これ」

「ほら、早く」

まあちゃんへ　キッス　キッス

心臓を冷たい手でぎゅっと摑まれた気がした。これは、抱月から須磨子に宛てたラヴレターである。

「何をぐずぐずしているの」

市子の声が苛立っている。

「あ、あ、あの、先生は」

「奥で憩んでいますよ。起きてくる前に、しまいまで書き写さないと。とにかく、急いで」

急き立てられるままに文机の前に座り、恋の言葉を写し取ろうとすると、ノートに接した鉛筆の芯が折れた。幾本か折ったのち、晋平は市子に差し出された紫鉛筆で書き始めた。

「……二人して、わたしを騙《だま》したんだわ。このあいだ家に来たとき、先生とはもう逢わないといったくせに、あの女、ぜんぶ芝居だったのよ。それにしても、まあちゃんですって。わたしと春子の前では松井君、なんて取り澄ました顔で呼んでたのが、まあちゃんですって。おお、おぞましい」

市子が両腕で自身を抱え、首をすくめる。

紫鉛筆を走らせる晋平の脳裡に、ある詩の一節がよみがえった。

通り雨、通り雨
戀の邪魔して通る雨
それで思ひ切られる仲ぢゃなし
晴れて行け、晴れて行け

跡には濡れた青桐の
夕日の蔭のつばくらめ

数日前に売り出されたばかりの『早稲田文学』九月号に、「心の影」と題して発表された、抱月の作であった。その一節を読んだ晋平は、いつであったか、人と会うために出掛けた抱月が土砂降りの雨に遭遇し、約束を果たせずに帰ってきたときのことを思い出したのだった。

誌上には、数首の短歌も載っていた。

或時は二十の心或時は四十の心われ狂ほしく
ともすればかたくななりし我が心四十二にして微塵となりしか
くれないに黄金に燃えて水色にさめてはまたも燃ゆる君かな

詩も短歌も、恋をうたいあげているのは明白だった。よりによって、我が子が急逝したこの時期になぜ、と晋平は首をかしげたくなったが、須磨子への想いを断とうとする抱月の、自分なりのけじめのつけ方なのかもしれない、とうがった見方をしてみたりもした。

だが、いま目の前にあるラヴレターは、抱月には須磨子との恋を終わらせる気など毛頭ないという事実を、晋平に突き付けていた。抱月は、詩と短歌をもって自身の恋を世間に表明したのだ。そう思ってみると、〝くれない〟の短歌などは、やけに生々しく心に迫ってくる。

「ばかにして……。このわたしを、ばかにして。あいつら、あいつら！」

市子の声が、呪詛《じゅそ》のように耳の底をのたうっている。

考えてみりゃつまらない、ばかばかしいいのちと思う。恋は神聖だもの、いっそ世間へ知れるなら知れてみよという気になります。いつまでもこんな思いをしていては、僕はからだがつづかなかろうと思う。どうしたらいいかしら、

文面を書き写しながら、晋平はいつしか汗びっしょりになっていた。握っている紫鉛筆がぬるぬると滑って、手から逃げそうになる。

僕の愛はすっかりあなたにささげてあるのだから、一時の浮気なんかじゃないと思って頂だい。必ず僕の方からかわりっこないのだから、このことは僕を信じて頂だい。

信じてくれるでしょう?。その代わりあなたの方で変わったら、正直ものの一念で、
僕はどうなるかわからないと思って頂だい。

やがて、晋平がすべてを書き写し終えると、市子はノートとラヴレターを携えて部屋を出ていった。

市子は抱月の詩歌を読んでいなかった。内容が際どいだけに、『早稲田文学』が目に触れぬよう、晋平が気を配っていたからだ。

薄桃色の朝日に染まった壁を、晋平はぼんやりと眺めた。これから一日が始まるというのに、すでに精も根も尽き果てている。市子の残していった線香の匂いが、部屋に重くよどんでいるようだ。

戸山ヶ原の夜、須磨子の来訪、夏夫の死、恋の詩歌、そしてラヴレター事件。これだけのことが、ひと月のうちに次から次へと持ち上がって、平静でいられるほうがどうかしている。

数時間後、市子と抱月の立ち会いのもと、須磨子宛てのラヴレターが庭で燃やされた。

先ほどは線香の匂いが漂っていた四畳半にも、紙の焼き焦げる臭いが流れ込んでくる。

夫妻のあいだでどのような話し合いが持たれたのか、書生などにはむろん窺い知ることは

できない。もっとも、表向きは市子が書斎で見つけたラヴレターをそのまま抱月のところへ持っていったことになっているので、晋平は何も知らない顔をしていなくてはならないのだ。

ありったけの想いを込めた言葉たちが、相手へ届く前に一筋の煙《けむり》となり、天へ昇っていく。

灰となった紙片を恨《うら》めしそうに見つめる抱月の顔が、目に浮かぶようだった。

抱月はラヴレターが焼失してがっかりしているに相違ないが、そのじつ、書き写したノートは市子の手許にある。

いずれにせよ、晋平は気が重かった。いったい、奥様はどうしてラヴレターを僕に書き写させたのだろう。それに、あのノートをどうなさるつもりなのだろう。

翌日になると、早くもその疑問に解が与えられた。

朝からいずこへか出掛けていた市子が、家に帰ってくるなり晋平の部屋へ入ってきた。

「いまね、坪内先生のお宅にうかがってきたんですよ。島村とあの女のことで、相談に乗っていただいたの」

「坪内先生に、ですか」

「これまでの経緯を洗いざらいお話しして、ノートにも目を通していただきました」

「ノ、ノートって」

声が引っくり返った。

「わたしの話だけでは信じてくださらなくても、ノートを見せればあながち作り話ではないとわかっていただけるでしょう。細かい日付とか場所とか、当人しか知らないようなことも書かれていたし……。とっさに思いついて中山さんに書き写してもらったけど、我ながらよい判断だったわ」

「坪内先生にノートをお見せしたことを、島村先生はご存知なんですか」

「もちろん、うちの人には内緒ですよ」

市子は悪びれるふうもなかった。

「坪内先生も、たいそう驚いていらしたわ。あの女に関しては、幾人かの殿方が懸想《けそう》しているという風聞が、春頃からあったそうでね。先生のほうでも気に掛けていらしたようだけど、よもやうちの人とそんなことになっているとは思っていらっしゃらなかったみたいで」

晋平は、演劇研究所の入り口正面に掲げられた規律の数々を思い出した。本邦初となる男女共学の俳優養成所を創設するにあたり、逍遥は風紀問題を何よりも警戒し、厳しい規律を定めたのだ。じっさい、所内の風紀を乱したとして退学させられた者も、およそ二十人にのぼる。

抱月は文芸協会の幹部を務め、須磨子はいまや看板を張る女優である。規律が二人にも当てはめて用いられたりすれば、協会の根幹《こんかん》を揺るがす大事になるだろうことはたやすく想像できた。

「坪内先生は、どのように対処なさるのでしょうか」

「まずは周囲の方たちにそれとなく事情を聞いて、打つべき手を検討したいと。何にせよ、文芸協会の幹部を追い出すような事態だけは避《さ》けなくてはと、そうおっしゃったわ。島村君は早大の文科を背負って立つ人物だ。その逸材《いつざい》に傷をつけたくはない、ともいってくださって……。わたしだって、先生と同じ気持ちですよ。とにかく、女と別れてくれさえすれば、それでいいんですから」

ただちに重い処分が下されるのではないと聞いて、晋平はいくらかほっとした。

それにしても、だ。市子はとっさの思いつきといったが、鵜呑《うの》みにしていいのだろうか。ラヴレターを自分で書き写さず、しかも紫鉛筆を使うようにと晋平に渡したところをみると、はなから逍遥のもとに駆け込む算段をしていたふうにも思えてくる。

周到に準備された罠《わな》にはまり、期せずして悪事の片棒を担ぐことになったような、後味の悪さがあった。

　市子がきょろきょろとあたりを見回している。

「『早稲田文学』の九月号を読んだかと訊かれて、そういえば今月は見ていないと……。ああ、あったわ」

　晋平が振り返ったときには、市子は文机に手を伸ばしていた。

「居間へ持っていくわね。そのかわり、これを」

『早稲田文学』を拾い上げた市子が、外出用の手提げ袋からノートを取り出す。

「中山さんに預かってもらえないかしら。奥の部屋にあると、うちの人に見つけられそうなんですもの。いいわね、ここに置きますよ」

「えっ。あ、あの」

　文机の上にノートを残し、市子は部屋を出ていった。

十六

秋が深まるにつれ、島村家の庭に植えられているヤマボウシの木は深紅に熟れた実を地面に落とし、葉を赤く染めた。やがて、冷たい風と共に冬が到来すると、葉も枝を離れていった。

着物の上に綿入れ半纏《はんてん》を羽織った晋平が自室で文机に向かっていると、障子が開いて相馬御風が顔をのぞかせた。

「中山君、表では先ほど霰《あられ》が降ったぞ」

「霰が……。十二月も半ばになりましたからね」

相馬は外套を脱ぎながら入ってくると、部屋の中ほどに腰をおろした。晋平の脇に置かれている手焙《てあぶ》りに両手をかざし、文机のほうへ首を伸ばす。

「新聞か」

「島村先生の記事を切り抜いて、まとめていたんです」

十一月のあたまから、抱月は関西へ旅に出ている。半月ほどを奈良で過ごし、その後は京都に逗留していた。旅先で書かれた紀行文が、新聞に連載されている。

机の上の新聞を見つめていた相馬がため息をつき、晋平に目を移した。表情が険しかった。

「昨日、島村先生から手紙が届いたんだが、どうも、人生について深く煩悶《はんもん》なさっているようだ」

「あの、どんなことが書いてあったんでしょう」

「自分の弱さに愛想が尽きたとか、いっそここらで生活を絶って、大隠遁《いんとん》か大静寂にでも入ってしまいたいとか……。いきなりそんな文言が並んでいて、これは尋常ではないとびっくりしてね。いったい、先生の身に何が起きたのだろう」

「………」

「こんどの旅は高田学長から誘われたと聞いているが、どうして先生がご一緒しなくてはならなかったんだろうか。お身体も、さほどご丈夫ではないのに……。お帰りになる時期だって、一切未定というじゃないか。奥様は、反対なさらなかったのかい」

「その、二人のお子さんが立て続けに亡くなったのもあって、先生だけでも気分転換をしていらしてはどうかと、奥様が気遣われたんです」

相馬の顔が険しさを増す。

「前のときみたいなことにならなければよいが」

「前のときというと」

「肋膜炎に罹られたときだよ。小田原へ療養にいらして、かえって体調を崩されたじゃないか。三年ほど前のことを、きみは忘れてやしないだろうね」

鋭い目を向けられ、晋平は己れが咎められている心持ちになった。相馬はいまの抱月が置かれている状況を、肋膜炎を患ったときに重ねているようだ。しかし、三年前のあのときといまでは事情がまるきり異なることを、晋平は心得ている。

関西への旅は、坪内逍遥の計らいによるものだった。抱月と須磨子の関係を市子から相談された逍遥は、早稲田大学の学長である高田早苗と協議して、高田に抱月をどこか地方へ連れ出してもらうよう依頼したのだ。高田と逍遥は、両人が東京大学に在学していた時分からの盟友であった。

「しばらく東京を離れていれば、女への熱も冷めるのではないかと、坪内先生がおっしゃったわ。高田先生は二ヶ月ほどで旅を切り上げて東京へ戻られる見込みだそうだけど、島村君は半年でも一年でも向こうにとどまって、じっくりと己れを見つめ直してくればいいって。自分がじかに諫《いさ》めたのでは彼の面子《メンツ》を潰す恐れがあるからと、そんなふうにも思いやってくださって……。なんてありがたいことでしょう。うちの人がいまあるのは、坪内先生のおかげですよ。当人も、それはよく心得ているはず。恩のある方がこれほどに心を砕いてくださっているんですもの、少し頭を冷やして、自身のおろかさに気づいてくれるといいのだけど」

抱月を送り出した折、市子がそう口にしていた。

ラヴレター事件のあと、相馬たちが編輯室にいない早朝や深夜などに、抱月と市子のい争う声が、書生部屋にもたびたび聞こえてくるようになった。市子にきつくなじられた抱月は、「じゃあ、いっそのこと浜田へ引っ込んでしまおうか」と泣き言を口にしたり、「いいたいことはわかったから、どうにでもお前の好きなようにしてくれ」と居直ってすごんだりした。

両親のそうした姿に、子供たちも胸を痛めているようだった。とくに長女である春子は、妹や弟の前では明るく振る舞っているが、一人になると物憂い表情でため息をつくことが増えている。

抱月をどういう目で見たらよいのか、晋平も頭を悩ませた。理知的で、ブリリヤントで、よき家庭のお父さんという像は、一連の流れの中で脆《もろ》くも崩れ去った。仮面を引き剝《は》がされた姿が気の毒でもあり、いささか滑稽《こっけい》でもある。仮面にうまうまと騙されていたのが、無性に悔しくもあった。これまで抱いてきた尊敬の念を捨てるべきなのだろうか。いや、己れの恋情から目を逸らさず、あるがままの現実を表明したという点では、自然主義の実践といえなくもない。であれば、以前にもまして崇拝すべきなのだろうか。

戸惑う気持ちは、いまも続いている。

しかし、そういった事の経緯を、相馬に告げることはできなかった。戸山ヶ原の夜のことも、ラヴレター事件も、相馬は知らないのだ。

「これは私の想像に過ぎんが、先生を悩ませている一つには、文芸協会のことがあるんじゃないだろうか」

「どうして、そう思われるんですか」

「十一月の公演では、松居松葉《まついしょうよう》氏が『二十世紀』の舞台監督を務められた。聞くところによると、来年二月に予定されている『思い出』も、松居氏が翻訳と舞台監督を受け持つと決まったらしい。人選には坪内先生の意向が働いているとみてまず間違いはないが、島村先生が退けられていると感じるのは、私一人ではないだろう」

「そうはいっても、じっさいに先生は東京におられないのですし……」

「取り上げる演目についても、思うところがある。『二十世紀』はただ目先の面白さだけを追う喜劇で、薄っぺらな芝居だった。新しい時代の演劇運動を標榜《ひょうぼう》する文芸協会に、あれがふさわしい演目といえるだろうか。『人形の家』や『故郷』のように、社会的な問題を投げかける芝居をするべきではないのか。島村先生が気に病んでおられるのも、そのあたりなのでは」

腕組みになった相馬が、わずかに苦笑した。

「もっとも、坪内先生が島村先生を排するような態度をとられる理由にも、心当たりがないわけではないんだ。おそらく、『早稲田文学』に載った恋の詩歌が、坪内先生の不興を買ったのだろう。だが、それは坪内先生の思い違いだ」

「思い違い？」

「あの詩歌は、純粋に島村先生の気持ちと空想から生まれた作品なんだよ。つまり、まったくの創作だ」

「気持ちと、空想……」

「ご本人が、そう明言なさった。いちおう、こっちも編輯主任だからね。原稿を受け取ったとき、これは個人的な恋をうたったものですかとうかがったんだ。ほら、島村先生が須磨子を依怙贔屓なさっているという風聞も耳にしたし……。だが、己れの創った芸術を恋うる心持ちを、文学の形式で表現したのだと、先生はきっぱりと返答なさった」

「そうだったんですか……」

晋平は毒気を抜かれたような心持ちがすると共に、相馬に隠し事をしているのがますます心苦しくなった。

「周囲に誤解があるのを、島村先生も嘆《なげ》いておられた。須磨子には酒井《さかい》という男がしつこくつきまとっているそうでね。協会の後援者で、須磨子を妾《めかけ》にしようと目論《もくろ》んでいるとか……。須磨子が迷惑がって、先生に助けを求めたのだと」

「それも先生がおっしゃったんですか」

相馬がうなずく。

「酒井から須磨子を守ろうとする姿が、周囲には依怙贔屓と映ったのかもしれん。風聞というのは、いい加減なものだな」

酒井という男が須磨子に言い寄っているのは本当らしく、晋平が書き写したラヴレターにも、それとおぼしき人物について触れているくだりがあった。

恋の詩歌が掲載された翌月、抱月は『早稲田文学』十月号に「競争」と題する作品を発表していた。短い会話劇で、二人の男が一人の女を取り合って争う筋立てとなっている。晋平のように背景をわきまえている者が読めば、抱月と酒井、そして須磨子をモデルにしていることはすぐにわかる。

十一月号では、メーテルリンク作『ペレアスとメリサンド』の翻訳が掲載された。弟王子ペレアスが、兄王子ゴローの若く美しい妃メリサンドと恋に落ち、それに気づいたゴローによって死に追いやられる。要するに、三角関係によってもたらされる悲劇の構図だ。

旅先の奈良から新聞に寄せた紀行文でも、畝傍山《うねびやま》、耳成山《みみなしやま》、香具山《かぐやま》の大和三山《やまとさんざん》が恋を争ったという神話を話の糸口にして、近代の文芸作品における三角関係が語られている。どうも抱月は、須磨子をめぐる酒井との三角関係に囚われているようだ。だが、晋平にとっては、抱月と市子と須磨子、あるいは抱月と逍遥と須磨子といった三角関係のほうが、よほど気掛かりだった。抱月の周辺では、幾つもの三角関係が不協和音を奏でているのである。

京都の宿へ移ったあとの紀行文にも、須磨子への執着が透けて見えるものがあった。これでは、逍遥も当分のあいだ帰京を許してくれるはずがない。もしかすると、抱月を理解するのに誰よりも苦しんでいるのは、抱月自身かもしれなかった。そうでなければ、相馬をこれほど動揺させるような手紙をよこしたりはしないだろう。

「島村先生には、どうお返事なさるんですか」

晋平に訊かれて、相馬がしばし沈思《ちんし》した。

「ぜひ一日も早く旅から帰ってきてくださいと、申し上げようと思っている。具体的に何を悩んでおられるのか、お目に掛かって話をうかがいたい。先生を、どうにかしてお助けしなくては」

そういって腰を上げた相馬が、入り口の障子に伸ばしかけた手を止め、壁のほうへ顔を向けた。視線の先には、晋平の背広の上下が吊り下げられている。

「そういえば、中山君は小学校の先生になったのだったね」

「はい。年度の途中にようやく採用の通知がきて、先週から通い始めました。奉職先は、浅草の千束《せんぞく》尋常小学校です。音楽専科の教員ですから、毎日ぎっちりと授業が入っているわけでもありませんし、島村先生や相馬さんたちのお手伝いも続けられそうです」

千束には徳川幕府の時分から続いている吉原遊廓《よしわらゆうかく》があり、晋平も学校の門をくぐるまでは児童たちへの影響を案じていたのだが、じっさいに会った子供たちはいずれも明るくのびのびとしていて、うまくやっていけそうな気がした。

「きみは長野で小学校の代用教員をしていたんだ。東京の子供たちとも、すぐに打ち解けられるだろう。といっても、児童はこの家の震ちゃんや秋ちゃんと同じ齢頃だ。心配するまでもなかろうがね。せっかくだから編輯部でお祝いしてあげたいが、島村先生がおいでにならないのでは恰好がつかんし……」

「お気になさらないでください。お気持ちだけで、じゅうぶんですから」

一人になった部屋で、晋平は新聞の切り抜き作業に戻った。ぱらぱらと、軒先にかすかな音がしている。霰がいよいよ本腰を入れて降りだしたのかもしれない。

年の瀬は駆け足で去っていき、大正二年を迎えた。諒闇中《りょうあんちゅう》とあって、市中には門松やしめ飾りを出さない家も多く、正月らしい華やぎはあまり見受けられない。あるじが不在にしている島村家にも年始の挨拶に訪れる客はなく、例年よりも静かな年明けとなった。おかしな話だが、抱月が旅に出て、市子は平穏を取り戻しつつあるようだ。母親の表情が柔らかくなると、子供たちも安心するのだろう。春子にも笑顔が戻ってきている。

冬休みが終わって小学校の授業が始まると、晋平も日々の充実を覚えるようになった。教え子たちの澄んだ瞳に、心が洗われる思いがする。安定した職に就き、月々二十七円の俸給が入ってくることで、親戚や島村家から借りた金を返していく見通しも立った。

昨年の夏からこっち、想像もつかない出来事が続けざまに起こり、自分でも何が何だかわからなかったが、ここに至ってやっとひと息つけた心地がしたのだった。

十七

年が明けてしばらく、東京は春を先取りしたような暖かさにめぐまれた。だが、一月の末になると季節は一転して鋭い牙をむき、猛烈な寒気が襲いかかってきた。

翌週に立春を控えたその日も、底冷えの厳しい日であった。

玄関の硝子戸が開いた気がして、自室を出ていった晋平は、外套に身を包んだ抱月がのっそりと立っているのを見て、我が目を疑った。

「せ、先生……」

「早く帰ってきてほしいと、相馬君が手紙をくれたんです。じかに会って、私の話を聞きたいのだと」

およそ三ヶ月ぶりに見る抱月の頰はこけ、衣服のだぶつきが目立つほど身体も細くなっていた。晋平は、抱月が小田原から帰ってきたときを思い出したが、三和土に立っている抱月の両目は冴え冴えと輝いていて、その点においてのみ往時と異なっていた。

「前もって連絡をいただければ、新橋までお迎えに上がりましたのに……。荷物もあるし、大変でいらしたでしょう」

戸惑いつつも框を降り、抱月が両手に提げている革張りのトランクへ手を伸ばす。汽車の中で読んできたのだろうか、抱月はトランクのほかに、むき出しになった本を脇に挿んでいた。

「演劇研究所に寄ってきました。この本は、そこで手に入れたんですよ」

抱月がそういって見せてくれた表紙に、『思い出』とあるのを目にして、晋平はそれが文芸協会で二月に上演する演目の脚本だと気がついた。

「新橋から、まっすぐこちらへ帰ってこられたのではないのですか」

「どうにも稽古が気に掛かりましてね。『二十世紀』は新聞の劇評もあまり芳《かんば》しくなかったし、次も失敗するようだと協会も困るだろうから……。そもそも、松井君を老け役にしたのが間違いだったんだ。やはり、彼女の持ち味を生かせるのは、私よりほかにいないのではないかと」

「中山さん、どなたかお客さまなの……。まっ」

居間から出てきた市子が、目を丸くした。

「あ、あなた、どうしてここに……。坪内先生は、あなたが帰ってくることをご存知なのですか」

抱月は応えず、目を伏せただけだ。それを見た市子の呼吸が、にわかに浅くなった。

「断りもなく帰ってくるなんて、いったいどういう了簡なの。先生がお知りになったら、どんなにお怒りになるか、か、か、考えて……」

語尾をふるわせたかと思うと、市子の身体が、ふらっと斜めに傾いた。

「奥様っ」

とっさに腕を伸ばしてつかまらせると、晋平は奥の部屋まで市子を連れていった。

「坪内先生に、何とお詫びを申し上げたらいいのでしょう。旅の費用をまるごと出してもらっているのに、申し開きのしようがないわ」

市子は畳にへたり込み、泣きそうな顔になっていた。

「イギリスへ留学されたときのように、こんどの旅費も大学から出ているんじゃなかったんですか」

「うちの人にはそう思わせておくようにと、坪内先生がおっしゃったのですよ。せっかくのお心遣いが、台無しじゃないの」

いっときはのどかな日々が戻っていた島村家に、その日からまた、暗雲が垂れ込めることとなった。

晋平が余丁町の坪内邸に足を運んだのは、三月下旬の曇った日であった。客間に通されて待っていると、普段着らしい濃鼠《こいねず》の着物に身を包んだ逍遥があらわれた。

「中山君が訪ねてくるのは、久しぶりじゃな」

「いきなり参りまして、あいすみません」

座布団から立ち上がった晋平に、逍遥は手で押さえるような仕草をして、向かいに腰を下ろした。その頭が、めっきり白くなっている。

「そんなに硬くならんでもよかろう。何か、折り入って相談したいことがあるそうだが」

「あの、島村先生のことで……。毎日のように、夫婦でいい争いをされるんです」

座布団に座り直しながら、晋平は抱月が帰京してからの二ヶ月を振り返った。

「あなた、今日の昼間はどちらへ出掛けていらしたんですか」

「協会の演劇研究所だ」

「嘘をおっしゃい。坪内先生から出入りを禁じられているはずですよ」

「む……。一家のあるじが外出をするのに、いちいち家の者に行き先を断る筋合いもなかろう」

「あの女の家に行っていたと、正直に白状しなさいよ。女が稽古から帰ってくるのを、待っていたんでしょう」

「……………」

「どうして何もいわないの。肝心なことになると、あなたはいつも黙り込む。ええ、結構ですとも。そんなにあの女がいいのなら、ぜんぶ向こうでしてもらえばいいんだわ。その代わり、うちでは今後、食事も出さないし、洗濯もしませんを」

「そのように無茶苦茶なことを」

「無茶苦茶なのはそっちでしょう。いろんな方の厚意を踏みにじっておいて、よくも平気な顔をしていられるわね」

そういういい争いが――たいていは途中から市子が一方的にまくし立てるのだが――ほとんど毎晩、二階から聞こえてくる。晋平は布団に入っても市子のきんきんした声がするようで、よく眠れなくなった。

「島村家のお嬢さんや坊ちゃんたちも、ご両親がいがみ合っているのを見たくはないでしょうし、僕が仲裁に入るべきなのか、しかし、たわいのない夫婦喧嘩《げんか》とも違いますから、他人が口出しできるものではない気もしまして」

晋平の顔を見ながら、逍遥が腕組みをする。

「ふむ、市子夫人が見せてくれたあのノート……。あれは中山君が書き写したのだそうじゃな。ということは、きみもだいたいのところをわきまえておるのかね」

「はい。ですがもちろん、誰にも口外はしていません。『早稲田文学』に発表された作品も、まったくの創作だと、島村先生が相馬さんにおっしゃったそうですし……。ですから、相馬さんに相談するわけにもいかず、こちらにうかがった次第で」

『早稲田文学』二月号で、抱月はまたしても恋愛を主題に据えた短編『断片』を発表していた。小説ともいえない短い作品で、何らかの事情で恋人との別れを余儀なくされた女の、二人が引き裂かれてからの辛い心持ちが、相手の男へ宛てた二通の手紙にしたためてある。

いちおう、女が胸の内を記したかたちになっているとはいえ、晋平が読むと、須磨子から遠ざけられた抱月の、狂おしいような恋情が綿々《めんめん》と書き連ねられているふうにしか思えなかった。女が昔を振り返り、男と逢瀬している場を仔細に綴っているくだりでは、抱月と須磨子の顔が目の前にちらついて、赤面するのが自分でもわかった。ここまでくると、霊的な恋などと抱月がいかにいい繕《つくろ》おうとも、二人が男女の関係にあると確信せざるを得ない。

「わしも相馬と話してみたが、彼は島村が精神的な恋愛を文学作品に昇華させたのだと信じきっておる。早稲田の若い文士たちも島村を守《も》り立てるべく、相馬の下に集まっているようじゃ。ある筋から聞いた話では、旅から戻った島村の歓迎会に、二十名からの出席者があったとか。このところの文芸協会は、島村を公演にいっさい関与させておらぬし、思想上の行き違いがあるわしが、嫌がらせをしているように見えるのかもしれぬな」

「いえ、そんなことはないと思いますが……。ええと」

晋平がしどろもどろになると、逍遥は口許に苦笑を浮かべた。

「よい、よい。島村がわしの一番弟子なら、相馬は島村の一番弟子じゃ。苦境に立たされている師を支えたいと思うのは、至極当たり前のこと」

「しかしそうしたお気持ちは、坪内先生も一緒なのではありませんか。島村先生を思いやっておられるからこそ、関西へ送り出されたのでは」

逍遥がじっと晋平を見つめ、ややあって顔つきを引き締めた。

「島村が己れの芸術をとことん追究したいというのであれば、文芸協会のいわば別動隊ともいえる団体をつくり、そこで『人形の家』や『故郷』のような社会劇を研究するのもよいのではないかと、じつのところは思案しておる。若い者には、若い者なりの目指すものがあるじゃろうしな。そのために、松井須磨子という女優がなくてはならぬのなら、本隊たる協会は喜んで彼女を貸し出そう」

「そのように考えておられるとは……」

勝手に東京へ帰ってきた抱月に対し、譲歩してやってもよいと逍遥はいっているのだ。それも、逍遥が抱月の才を高く買っている証なのだろう。

「じゃが、いまの話を実現させるとなれば、島村には松井との恋愛を捨ててもらわねばならぬ。演劇は、幾人もの人々が集団となって創りあげる芸術じゃ。しかし、恋愛はすなわち、個人の慾《よく》。シェイクスピアに〝恋は盲目〟との台詞があるように、個人の慾で周りが見えなくなっている者がいては、集団の秩序が乱れ、劇を創るどころではなくなる。そうならぬよう、わしは演劇研究所の規律を定め、それに反した者には厳しい態度で臨んできた。たとえ相手が島村であろうと、そこは譲れぬ」

演劇研究所が立ち上がった当初から、逍遥の信条が毛筋ほどもぶれていないのを、晋平はあらためて痛感した。

「島村先生は、松井さんを諦《あきら》められるのでしょうか」

「さて、どうじゃろうな。しばらくのあいだ、研究所にも松井にも近づいてはならぬと申し渡してあるが、二月の公演では自分で切符を買って、客席に座っておった。線が細いようでいて、彼は案外に強固な意志を持っておる。自尊心も高い。旅に出て、かえって松井への想いを募らせたのだとしたら、こちらのしたことは、まったく裏目に出たことになる」

腕組みを揺すり、逍遥がまぶたを閉じた。眉間に刻まれた皺に、苦悩の深さがあらわれている。

そのとき、廊下に足音が近づいてきた。

「失礼いたします。お茶のお代わりをお持ちしました」

部屋の障子が開き、セン夫人が顔をのぞかせる。

「中山さん、いらっしゃい。この頃はあまりお見掛けしませんが、息災にしておられましたか」

「奥様、お邪魔しております。おかげさまで奉職先が決まり、小学校の教員をしています」

かつては抱月の遣いで幾度も訪れていたので、もちろんセンとも面識があるが、この日は晋平を逍遥に取り次いでくれたのが女中だったので、顔を合わせていなかった。

部屋に入ってきたセンはまず、晋平の湯呑みを取り替えた。顔に化粧気はなく、落ち着いた色合いの紬の着物が、小柄な身体にしっくりと馴染んでいる。

晋平は常々、逍遥の風貌を古武士のようだと思っているが、センもまた控えめな奥ゆかしさを漂わせていた。膝をずらして逍遥の前に筒茶碗を置く、それだけの合間にも、長年連れ添った夫婦ならではの穏やかなありようがうかがわれて心地よい。

「島村君の、例の件について話しておったのじゃ」

小さくうなずいたセンが、晋平のほうへ顔を向けた。

「市子さんからお話はうかがっておりますけど、島村さんもとんだことをなさったものです。早稲田の学校を出られたのも、市子さんを娶《めと》られたのも、すべて島村の家へ養子にお入りになったおかげでしょうに、恩を仇で返すようなものじゃございませんか。中山さんも、何かと気苦労が絶えませんね。一人では手に負えないと思ったときは、いつでもここを訪ねておいでなさい」

柔らかく微笑んで、センは部屋を下がっていった。

筒茶碗に口をつけた逍遥が、顔を上げる。目にずしりとした光が宿っていた。

「家内はああいっておるが、もし、島村が松井を諦められなんだら、わしとは袂を分かつことになる」

悲壮な響きのまじる声音に、晋平は湯呑みを下に置き、居住まいを正した。

「わしとて穏便に事が運んでほしいと願っておるし、ことさらに波風を立てるつもりはないが、こればかりはどちらに転ぶか、いまはまだ読めぬ。袂を分かつとしても、どのようなかたちになるか、それも読めぬ。じゃが、島村には演劇刷新の事業に懸《か》ける並々ならぬ意欲がある。どちらに転んだとしても、中山君には相馬らと一緒に、どうか彼を支えてやってほしい」

「そ、そんな、相馬さんはともかく、僕などはとても」

「きみは島村門下の若い文士とも立場が違う。島村と血のつながった家族とも違う。しかし、彼にとっては内輪の人間じゃ。門下の弟子や市子夫人には意地を張っても、きみにだけは気を許せることもあるじゃろう。梃子《てこ》でも動かぬ頑固さを持ちながら、彼はたまらなく寂しいものを内に抱えておる。そばにいて、支えてやってもらいたいのじゃ」

「坪内先生……」

抱月を学生時分から見てきた逍遥の言葉は、師というよりも父のような慈愛に満ちていた。晋平は胸を熱くすると共に、師弟が袂を分かつことなどあってはならないと強く思った。

その日、夕食がすんでしばらくすると、晋平は茶を淹れて二階へ上がった。

抱月は書斎の椅子で物思いにふけっており、晋平が洋机の上に湯呑みを置いても、目の前の壁を見つめたきりだ。

「先生に、失礼ながら申し上げたいことがあります」

意を決して声を掛けると、抱月がゆっくりと首をめぐらせた。

「何です」

「松井さんのことです。先生が彼女に夢中になっておられるのは存じていますが、そろそろ目を覚まされてはいかがですか」

抱月はいぶかしむように眉根を寄せた。

「きみは私に意見する気ですか。ラヴの何たるかも知らないくせに、思い上がりも甚《はなは》だしい。それとも、市子にそういえと頼まれましたか。島村家へ養子に入った立場だの、大学教授の身分だの、世間体だのと道理を説かれるのは、もうたくさんだ。私は、誰かに押しつけられた借り物のままで人生を終わりたくない。私の本物を取り戻し、真実の人生をまっとうするんだ」

「奥様は関係ありません。僕は道理うんぬんではなく、芸術を愛する者として申し上げているんです。文学であれ音楽であれ、芸術を創り上げるには、ある種の女神が欠かせません。創作する心を掻き立て、理想とする芸術へと導いてくれる存在。先生にとっては、それが松井須磨子なのでしょう」

少しばかり意外そうな顔をしている抱月に、晋平は言葉を続ける。

「ラヴの何たるかを知っているとはいえませんが、僕にだって似た経験はあります。ですから、先生の気持ちもわかる気がするんです」

晋平が創作の女神と仰ぐのは、郷里にいた時分に文学仲間を通じて知り合った女性である。晋平が仲間たちと同人誌を作って得意になっていた頃、二つ齢上の彼女はすでに『中学世界』や『女子文壇』などの雑誌に和歌や短文が掲載され、頭角をあらわし始めていた。作品の感想を晋平が手紙に書いて送り、それに対する礼が彼女から返ってくる程度ではあったが、晋平の関心が文学から音楽へ移ったいまなお、創作の源には彼女への想いが溶け込んでいるといえた。前に作曲した『春の雨』も、柔らかな雨の中に彼女がたたずむ情景を思い描きながら、音を紡《つむ》いだのだ。

その女性、岡田美知代《おかだみちよ》は、のちに田山花袋《たやまかたい》が発表した『蒲団』に登場する女弟子のモデルとして世間から騒がれたのもあり、晋平は想いを胸に秘めたまま、誰にも打ち明けたことはなかった。

「きみがそんなことを口にするとは……。だが、私の気持ちがわかるならば、どうして目を覚ませなどというんです」

「女優である松井須磨子は、先生の目指す芸術を、舞台の上でじっさいに形にしてみせました。たしかに、女神といえるでしょう。だとしても、生身の小林正子もそうだとはいえないのではありませんか」

「…………」

「創作の女神を崇拝することと、生身の女との情慾に溺《おぼ》れることを、どうか取り違えないでください」

抱月はわずかに目を伏せ、晋平の言葉を反芻《はんすう》しているようだった。

しかし、やがて上げた顔には、物悲しそうな表情が浮かんでいた。

「きみ、ラヴは理屈ではないのですよ」

どこか自分にいい聞かせるようにもいって、抱月は両手で顔を覆うと、薄い肩をふるわせ始めた。

抑えようにも抑えきれない嗚咽《おえつ》の声が、晋平に暗然とした気分を運んできた。


冬の終わりに寒さが居座ったせいか、桜が咲くのが例年に比べていくぶん遅かった。開花してからも寒の戻りがあり、そのぶん花の時季は長くなったものの、灰色をした空の下では淡い紅色がくすんで見え、少しばかり物足りなさを感じさせる春の訪れとなった。

桜の花が散り終わってまもないある日の午後、晋平が縁側で文鳥の鳥籠を掃除していると、居間に抱月が入ってきた。思案顔で、縁側に近寄ってくる。

「中山君、ちょっと話があるんですが……。掃除をしながらで構わんから、聞いてもらえませんか」

「では、お言葉に甘えて、このままうかがいます」

晋平は文鳥から目を離さずに応じた。

半月ばかり前に須磨子との関係を考え直してほしいと意見したものの、身の程もわきまえずいい過ぎた気もして、何となく抱月に遠慮するような心持ちがあった。二階の書斎にも、用をいいつけられたときよりほかは、こちらから近づくことはない。

「じつは、新たな劇団を立ち上げようと思案していましてね」

取り出していた餌入れをゆっくりと鳥籠に戻し、晋平は抱月のほうへ首をめぐらせた。どういうことなのか、さっぱり飲み込めない。

「新たな劇団って……。文芸協会は、どうなさるんですか」

「遅かれ早かれ、辞めざるを得なくなるでしょう。坪内先生においては、私と松井君の関係を誤解なさっていて、まったくもって困惑するばかりです。そのせいで、もう半年も公演に携われずにいる。文芸協会にいたところで、私は何もさせてもらえない。ならばと、相馬君とも相談して、新たな劇団を創ってはどうかと」

二度、三度、晋平は目瞬《まばた》きした。誤解などと、どの口でいえるのだろう。

抱月の表情は、どこか嬉々《きき》として見えた。

「劇団といっても、目指すのはもっと広義な芸術組織です。演劇はもちろん、文学、美術、音楽にも研究の手を広げ、芸術全般にわたって革新の気運、そう、ムーブメントを巻き起こしたい。そこで、中山君に音楽の部門を受け持ってもらいたいのですが、引き受けてくれませんか」

何なんだ、この人は。

晋平は、まじまじと抱月の顔に見入った。あんなに生意気な口をきいた己れを、この人は腹立たしく思っていないのだろうか。

「中山君、私はこのあいだ意見されて、あらためてきみが真の芸術家であると思い至りました。そのきみを見込んで、頼んでいるのです。当節は西洋音楽のみをありがたがる風潮があるが、日本には日本の歴史なり伝統があって、長年かけて培われてきた風情や心持ちなどは、本来、西洋音楽ですみずみまで表現できるものではないと思っている。このあたりでそろそろ、西洋の真似ばかりでなく、日本の伝統に根差した、日本ならではの新しい音楽をこしらえていくべきではないだろうか」

抱月の投げかけてきた音楽論が、晋平の中でこつんと響いた。

「先生……。それについては、僕もつねづね考えていました。日本には、古くから伝えられてきた民謡や俗謡などと呼ばれる音曲があります。ただ、そうした音曲は文明の時代に入って低俗なものとされ、西洋音楽よりも劣るとみなされるようになりました。ですが、それでは日本の音楽は、いつまでたっても西洋からの借り物のままです。日本人が真に楽しめる西洋音楽を、日本人の手でこしらえる。日本にもともとある音曲と西洋音楽との融合といったことに、僕は前々から関心を抱いていたんです」

持論を述べるうち、晋平はだんだんと抱月が掲げる新劇団の構想に引き込まれていった。

十八

文芸協会を取り巻く状況が、風雲急を告げていた。五月三十一日、協会の意向により松井須磨子が退会させられ、同時に、抱月が幹事職を辞したのである。加えて、演劇研究所を卒業したばかりの二期生のうち、数名が脱退したことも発表された。

六月の上旬、晋平が勤めから帰ってくると、折しも相馬が編輯室を出てきたところであった。

「中山君、ちょうどよかった。これから清風亭《せいふうてい》で集まりがあるんだ。みんな、島村先生を支持する連中だ。きみも来てくれないか」

神田川《かんだがわ》に架かる石切橋《いしきりばし》の袂に建つ清風亭は、早稲田大学の教授や学生たちがさまざまな会合に用いる貸席で、晋平も抱月や相馬の口からたびたび耳にしていた。

「集まりって、早稲田の方ばかりじゃないんですか。僕が行っても、場違いなのでは」

「先生の今後に関わる大事な会合なんだ。きみも話を聞いておいたほうがいい。さあ、行くぞ」

普段は沈着な相馬が、いつになく性急《せいきゅう》な口ぶりだ。ただならぬものを感じ、晋平の全身がぴりっと引き締まった。

「わかりました、僕も参ります」

通勤鞄《かばん》を自室に放り込むと、相馬と連れ立って玄関を出た。

二人が清風亭に着いたのは、午後五時半をまわった頃だった。あたりはまだ明るく、黒塀のめぐらされた敷地に入ると広い植え込みがあり、その先に、料亭のようなどっしりした家屋が見えてくる。

二階の広間には、早くも大勢の男たちが膝を並べていた。ざっと七、八十人はいるだろうか。座布団に腰を下ろし、ある者は新聞を広げ、ある者はかたわらにいる者たちと談じ合っている。

『早稲田文学』編輯部の片上伸や中村星湖《なかむらせいこ》、読売新聞社の人見東明《ひとみとうめい》、ほかに中村吉蔵や前田晁《まえだあきら》、本間久雄《ほんまひさお》、秋田雨雀《あきたうじゃく》など、晋平と見知り合いの顔もあった。いずれも早稲田の若手文士と称される、そうそうたる面々だ。

どの顔もうっすらと紅潮して、会合が始まる前から、広間には熱気がむんと漲《みなぎ》っている。

「おい、相馬さんがいらしたぞ」

誰かが囁《ささや》いたのをきっかけに、男たちが身体を正面へ向けた。座敷の後ろのほうへまわった晋平に、島村家を幾度か訪ねてきたことのある男が、隣に座れと手振りで示してくれる。

相馬が演台の前に立つと、ざわついていた広間がにわかに静まった。

「諸兄もすでにご承知の通り、島村先生におかれては、五月末をもって文芸協会を退かれました。先生は、志を同じくする者たちと力を合わせ、新劇団を起こすという案をあたためておられます。それはそれとて、ここ連日、新聞各紙はこたびの件を取り上げ、まるで早稲田文壇に御家騒動が持ち上がっているかのように書き立てている。中には島村先生が松井須磨子と恋愛関係にあるなどと、面白半分にでたらめを述べたものもある。こうなっては当大学そのものの信用にも関わるとみて、高田早苗学長が調停役を買って出られました。学長は、昨日そして本日と、島村、坪内両先生のあいだを奔走《ほんそう》され、お二人が直接に顔を合わせ、肚を割って話し合う手筈をととのえられた。さよう、いままさに、余丁町の坪内邸にて、島村先生と坪内先生は会談なさろうとしている。我々としても、この件に関する双方の説明を聞いたうえ、公平にこれを解決するという趣意のもとに、こうして集まってもらったという次第であります」

前方に座っている男の手が挙がった。

「会談は、島村先生と坪内先生のお二人だけで行われるのですか」

「いや、高田学長以下、市島謙吉《いちしまけんきち》先生、塩沢昌貞《しおざわまささだ》先生、金子馬治《かねこうまじ》先生が立ち会われるとうかがっている」

相馬が応じると、あちらこちらから声が飛んだ。

「学長と市島さんは、れっきとした坪内派じゃないか。あの三人は、東大に通っていた頃から誼《よしみ》を結ぶ三羽がらすだぞ」

「塩沢さんは中立の立場としても、島村先生の味方となるのは金子さんくらいなものだ」

「要するに、島村先生を吊し上げ、須磨子とのことを問い糾《ただ》そうとするのが、大学幹部の狙いなんだろう」

「会談といいつつ、これでは査問会ではないか。島村先生を侮辱《ぶじょく》している」

パン、パン。相馬が手を打った。

「こちらからも委員を送り込み、会談を隣室で聞かせてほしいと申し入れました。じっさい、安成貞雄《やすなりさだお》をはじめとする数名が、坪内邸に詰めている。会談の様子は、委員の諸君が報告してくれることになっています」

いったん言葉を切った相馬が、「なお」と続けた。

「我々は島村先生を支持するが、といって坪内先生に反旗をひるがえすものでは決してない。島村先生はむろん、坪内先生も我々の恩師であることに変わりはないと、ひと言、申し添えておく。以上」

相馬が演台の前を去ると、隣り合う者どうしが、ふたたび意見を交わし始めた。

「坪内先生はノラやマグダの劇を上演するのに反対なさっていたから、島村先生をお退けになったのだろうな。だが、仮にそうだとしても、島村先生が旅へ出ておられるあいだに、ほかの者に舞台監督を一任するなど、やり方が卑劣《ひれつ》ではないか」

「島村先生は真の芸術を追究する者として、低俗に堕《だ》した文芸協会をお辞めになったのだ」

「島村先生こそは芸術の殉教者《じゅんきょうしゃ》だ。演劇刷新の先駆者として、ぜひとも新劇団を立ち上げ、運動を続けていただかなくてはならん」

「相馬さんもいったように、島村先生のことも大切だし、坪内先生のことも大切だ。お二人が仲違《なかたが》いなどなさったら、それこそ悲劇でしかない」

「しかしながら、島村先生と須磨子の仲は、ほんとうに何でもないのか。あの詩歌や短編を読めば、大学幹部でなくとも、誰だって疑いたくなるだろうよ」

「島村先生を擁護《ようご》するのはいいとしても、先生に対する文芸協会の処断がじっさいに不穏当なのか、そこのところを見極めなくては」

さまざまな声が入り乱れ、広間は騒然としている。抱月を支持することで一致しつつも、相馬のような急進派もいれば、いま少し様子を見たいとする穏健派もいるふうだった。

窓の外が、いつしか暗くなっていた。障子は開け放たれているものの風はなく、梅雨どきの湿気と男たちの熱気とで、室内は妙な蒸し暑さに包まれている。

晋平の胸中は複雑だった。この場で事の真相に通じているのは、自分だけなのだ。

そっと席を離れて階下にある厠《かわや》へ行くと、手洗い場に相馬の姿があった。相馬が晋平を見て、軽く手を掲げる。

「思っていたよりも多くの人が集まってくれた。みんな、島村先生を慕っているのだ」

「僕が勤めに出ているあいだに、今日一日でずいぶんと動きがあったんですね。島村先生が、坪内先生のところへいらしているだなんて」

「あとから説明するより手っ取り早いと思って、きみにもここへ来てもらったんだ。島村先生が立ち上げようとなさっている新劇団には、きみも加わるのだし、一連の経緯を知っておいたほうがいいだろう」

新劇団を立ち上げるにあたり、力を貸してくれないかと抱月に持ち掛けられた晋平は、じっくり思案した末、引き受けることにした。

逍遥から抱月を支えてやってほしいと託されたのもあるが、それだけで決めたのではなかった。寄宿させてもらっている恩義でもなければ、書生としての忠節でもない。

なんといっても、晋平は抱月が構想する事業案に魅了されていた。あれほど壮大な規模で芸術を考えられる人が、いまの日本でほかにいるだろうか。

夢のような話だと嘲《あざわら》う人も、世間には大勢いるだろう。だが、抱月と同じ夢を追いかけてみたいと、晋平は心の底から思ったのだ。東京音楽学校を卒業したとはいえ、まだ何者でもない自分を、抱月にひとかどの芸術家として見てもらえたのが晴れがましくもあった。


もちろん、須磨子とのことに限っていえば、抱月は口でいうこととじっさいの行動が明らかに矛盾している。人の道からも外れている。はっきりいって、どうしようもない。

しかし、そのどうしようもない抱月を、晋平はどうしても見限る気になれなかった。

「ラヴは理屈ではない」と涙を流した姿が、脳裡に焼きついている。一時は無力感に襲われたが、どう説明すればいいのか、肩をふるわせて泣いているのを放っておくわけにはいかないと思わせるような、まさに理屈ではない魅力が、抱月本人にはあるのだ。

「いまごろ、島村先生が辛い思いをなさっていないとよいのだが……。須磨子とは気持ちだけのものだと、ちゃんと明言なさっているのになあ」

頭上でちかちかと瞬いている電灯を、相馬が見上げていた。

査問会のゆくえを心から案じているその顔を目にすると、やはり相馬にだけは事実を打ち明けておいたほうがよいような気がしてきた。いまを逃したら、あとで大変なことになりそうだ。

「相馬さん、ええと、じつは……」

しかし、相馬が発した次の言葉に、晋平は気をとられてしまった。

「坪内先生にしても、色恋に関してはまんざら身に覚えのないことでもないだろうに……。他人に対して、少しばかり厳しすぎやしないかと思うよ」

「あの、身に覚えって、どういうことですか」

訊ねた晋平を、相馬がはたと見返す。

「ああ、そうか、きみは知らなかったんだな。坪内先生の奥方は、もとは根津《ねづ》の遊廓にいたお女郎さんでね。先生が東大の学生だった時分から遊廓に通い詰めたあげく、奥方を身請けなさったんだ」

「えっ」

「いまでこそ誰もそうした話には触れないが、当時は周囲からとやかくいわれたそうだ。それゆえ……」

「相馬さんッ、坪内邸から委員が帰ってきましたッ」

二階から声が掛かったのをしおに、相馬は広間へ戻っていった。晋平も我に返り、厠で用を足してから席につく。

広間の正面では、相馬と話していた委員らしき男が、じきに演台の前に出て声を張り上げた。

「報告いたします。当夜の坪内、島村両先生による会談は、文芸協会のあり方についての意見を交換するところから始まりました。島村先生の論旨は、文芸協会はあくまでも通俗劇を退け、芸術本位の劇を取り上げるべきだ、ということであります。島村先生は、じつに堂々と意見を述べられました」

晋平の前に座っている男たちが、二度、三度と深くうなずいている。

そうこうするうちに、二人目の委員が広間に駆け込んできた。肩で息をしているのが、晋平の位置からも見て取れる。

「会談は、松井須磨子との問題に移りました。彼女とのあいだに、ある種の感情の流れはあります、とまず島村先生が述べられ、立会人から質問が出ました。あなたは須磨子を愛しておられるか、という質問に対して」

座の空気が、いっきに引き締まる。

「愛しています、とはっきり応じられました」

おおおっ。どよめきが起きた。

「次に、きみは須磨子と肉体関係があるのですか――。この、突っ込んだ質問に対して、島村先生は」

一同が静まり返り、晋平も我知らず固唾《かたず》を呑む。

「断じてない！　ありません！　いまは断じて、そんなことはありません！　しかし、将来のことは私自身にもわかりません！　と、そうお応えになりました」

わあああっ。広間が揺れたのではと思うくらいの歓声が上がり、割れんばかりの拍手が鳴った。

「島村先生が須磨子に恋愛を感じたって、構わんではないか」

「いまは断じてない！　しかし、将来のことはわからない！　なんと正直で、立派な答弁なんだ」

「自然主義の主導者たる島村先生なればこそだ」

「島村先生、万歳。自然主義、万歳」

感極まって涙を流す者、隣と肩を叩きあう者、雄叫《おたけ》びを上げる者など、これより上はないほどの興奮が広間に渦巻いた。

「坪内先生もこれで誤解を解かれ、お二人にはもとのような師弟関係に戻っていただけないだろうか」

「島村先生が、胸の内をありのままに明かされたのだ。それでもけしからんというなら、坪内先生は人情のわからない石頭だ。それならば、島村先生が立ち上げる新劇団を、断固として支持するぞ」

晋平はあっけに取られた。抱月も抱月だが、ここにいる連中も連中である。「島村先生、万歳」との声は大きなうねりとなり、広間の柱をみしみしと鳴らしている。

すさまじい熱狂ぶりに、だんだん空恐ろしくなってきた。

十九

島村抱月を幹事長にいただく新団体、「芸術座」が立ち上がったのは、七月三日のことである。矢は放たれたのだ。

幹事には、相馬御風、片上伸、秋田雨雀、川村花菱《かわむらかりょう》、中村吉蔵、水谷竹紫《みずたにちくし》など早稲田文科系の面々と、松井須磨子、倉橋仙太郎《くらはしせんたろう》など演劇研究所を出た俳優たちが名を連ねた。俳優陣は前記二名のほか、同研究所出身の沢田正二郎《さわだしょうじろう》、中井哲《なかいてつ》、笹本甲午《ささもとこうご》などが集まってきた。第一回公演で上演される演目も決まり、当座のあいだは清風亭を一棟まるごと借り上げて拠点とし、広間を稽古場に、別の一室には事務所を構える運びとなった。

芸術座の旗揚げは新聞各紙でも取り上げられ、第一の事業として約五万円の予算からなる小劇場が建設される見通しだと報じられた。

一方、文芸協会は坪内逍遥が会長を辞職し、組織を解散した。私財をなげうって建てた演劇研究所も、屋敷の庭を潰して増築した試演場も、すべて水泡に帰したのだ。

今後いっさいの演劇運動から身を引くと表明した逍遥の胸中を慮《おもんぱか》ると、晋平はいたたまれない気持ちになった。セン夫人との馴れ初めを相馬に聞かされた折はにわかに信じられなかったが、潔い幕引きからは、逍遥が相当な覚悟をもってこの運動にのぞんできたことがうかがわれる。

それでも、この先、己れは抱月を支えていくのだと、晋平は肚を括っていた。こうなったら、毒を食らわば皿までだ。

もっとも、新しい芸術運動にじかに携われるようになったことは、純粋に楽しくもあった。

九月に入ったある日、晋平は翌月に催される演奏会の構想を自室で練っていた。抱月の立案によって芸術座に付随する音楽組織が設けられ、演奏会にはそのお披露目の意味合いもある。

上流の限られた人たちのためだけではない、庶民の生活から生まれた、庶民のための西洋音楽。晋平は、そうした楽曲を取り揃えた演奏会を開きたかった。

夜の九時をまわった頃、抱月が帰宅した。

「先生、お帰りなさい。稽古はいかがでしたか」

晋平は、脚本や資料ではちきれそうになっている鞄を受け取りながら訊ねた。演奏会とは別に、芸術座の旗揚げ公演が約半月後に迫っている。

玄関先の物音が聞こえぬわけではないだろうに、市子が出てくる気配はない。しばらく前から、夫婦の寝室は別々になっていた。抱月は二階の客間で寝起きしている。

「今日の稽古中に、片上君が辞めました」

「片上さんが……。どういうことです」

階段を上がっていく抱月に、あわてて従いていく。書斎に入った抱月は、洋机の前の椅子に身を投げるようにして座った。

「稽古の前に開かれた幹事会で、旗揚げ公演の宣伝用に配るチラシについて話し合ったんです。役者の名前をどういう順に並べるかで、いささか揉めて……。松井君あっての芸術座なのだし、私は彼女の名前を第一に持ってくるべきだといったのだが、ほかの幹事たちはいろは順にするべきだと主張して、議論になったんです。しまいに、島村先生には僕たち全体よりも須磨子一人のほうが重いのですか、と片上君に詰め寄られましてね」

「先生は、何とお応えに」

抱月はむすっとしていた。

「応えるも何も、どうしてそういう話になるのかと、訊き返したくなりましたよ。松井君も片上君たちも、同じように大事なのは、わかりきったことでしょう。しかし、松井君がいなければ、芸術座は成り立たないんです。脚本を理解する力、芝居で表現する力、舞台での存在感。いずれにおいても彼女を超える人間が、ほかのどこにいるというんだ」

晋平が抱月をふてぶてしく感じるのは、こういうときだ。もともと持っていた性質が、ブリリヤントな鍍金《めっき》が剝がれて顔をのぞかせたのか、須磨子との恋愛が深まるうちに神経が図太くなったのか、それは晋平にはわからない。いずれにせよ、このところの抱月には開き直ったようなふしがある。

晋平はそうした面もひっくるめて抱月なのだと、半ば諦観《ていかん》にも似た境地に至っているが、それでもいまのような話を聞くと、呆れるのを通り越して、もう何をいう気にもなれない。

あくる日、編輯室へ出てきた相馬が、前日の経緯をいま少し詳しく話してくれた。

「芸術座を立ち上げることになったとき、先生は規則やもろもろの事柄についても、幹事たちから意見を集め、公平に話し合って決めたいと語っておられたのだ。私も片上も、そういうところに新しさを感じたし、ほかの幹事たちも、旧来の劇団とは違うことができると期待していたはずだ。それが蓋を開けてみると、先生はどうも須磨子をほかの座員たちより一段上に置こうとしておられる。片上でなくとも、何をもって公平というのかと、問いたくもなるさ」

珍しく憤《いきどお》りをあらわにした相馬が、にわかに眉根を寄せ、沈痛な面持ちになった。長い沈黙のあと、ぽつりとつぶやく。

「中山君、私と片上は、何もかも知ってしまったんだよ」

うつむいている相馬を、晋平は黙って見つめた。

「きみも清風亭の集まりに出てくれた、あの翌日だ。私と片上は、あらためて高田学長や金子先生と面談したんだ。そこで、事の真相を聞かせてもらった。恋の詩歌も、関西への旅も、いちいちが腑に落ちて、この騒動はすべて島村先生に非があると認めざるを得なかったよ」

「…………」

「坪内先生の苦衷を思い、己れの浅はかさを恥じた。この際、いっさいから身を引いて、田舎に帰ろうかとも考えた。だが、そう申し上げると、学長はこうおっしゃったんだ。いまとなっては、もう引き返すことはできない。島村の望む通り、劇界に栄光ある事業を完成させるよりほかはないのだ。きみたちは、どこまでも島村を助けてやってくれ。むろん、坪内君の意志もそこにあるのだから、と」

深いため息をつき、顔を上げた相馬の口許には、自嘲《じちょう》めいた笑いが浮かんでいた。

「きみはこの家で寝起きしているのだから、ぜんぶ心得ていたのだろう。私のことを、さぞ軽蔑しているだろうね」

「そ、そんなことはありません。島村先生の言葉を信じれば、誰だって同じようになさったと思います。ですから、ご自分を責めたりなさらないでください」

「中山君……」

「坪内先生は、ご自身と夫人のことで世間から後ろ指を差されたりもなさったでしょうし、島村先生には同じ経験をさせたくないと、それであれほど厳しく対処されたに違いありません。こんなふうにはなってしまいましたが、文芸協会で坪内先生が目指しておられた事業の精神を、芸術座は引き継いでいると思います。高田学長や坪内先生がおっしゃるように、いまの僕たちにできるのは、島村先生をお支えし、芸術座がうまくいくよう、全力を尽くすこと。そうではありませんか」

目の縁を赤くさせ、相馬がかたくうなずいた。

だが、芸術座は片上が辞めたのちも、一人、また一人と座員が去っていった。

「なんだ、あの須磨子って女は。幕ごとに衣裳を着替えたい、それも借りたのではなく、新調したものしか着たくないだと。須磨子一人の衣裳代が、他の二十人分と同じだというじゃないか」

「須磨子さんは、自分よりほかの人に光が当たるのを許せないんですよ。稽古のとき、あの人よりもちょっと前に出たってだけで、頬があざになるくらいつねられたんですもの」

「島村先生が、いま少し厳しく戒めてくださるとよいのだが……。どうして、あのように須磨子をのさばらせておかれるのだろう。肉体関係はないと断言なさったが、ほんとうなんだろうか」

「このあいだは支度部屋で、先生が腕まくりをして須磨子の背中に白粉を塗ってやっていたが、あれで何でもないとは思えないね。将来のことはわからないとは、うまくいったものだよ」

文芸協会のときは部外者だった晋平も、芸術座に出入りするようになったぶん、裏方や役者たちの声が間近に聞こえてくる。

そうした中、芸術座の第一回公演が、九月十九日から十日間、有楽座にて開催された。演目はメーテルリンクの二本立てで、秋田雨雀訳『内部』と、島村抱月訳『モンナ・ヴァンナ』である。松井須磨子は、『モンナ・ヴァンナ』の女主人公、ヴァンナ役を演じた。

連日満員の大盛況であった。一座の成り立ちに複雑な問題が絡んでいたこともあり、劇評は賛否が分かれたものの、客入りだけでいえば、興行は成功だった。

引き続き、大阪や京都、神戸で公演することも決まった。

抱月が東京を発つ朝、市子は玄関へ見送りに出てきたが、ひとことも口をきかず、泣き腫らしたような目で夫をじっと見つめていた。

京阪神での公演を終えて帰京した芸術座は、帝国劇場において十二月二日から二十六日まで、これは単独の公演ではなく一幕のみの臨時出演で、オスカー・ワイルド作、中村吉蔵訳『サロメ』を上演した。須磨子はサロメ役を務めたが、劇場側の都合で上演時間が短縮され、舞台監督も劇場に属するイタリア人、ローシーに一任するかたちとなり、抱月からすると不本意な出来映えとなった。

年が明け、大正三年一月十七日から十五日間、有楽座にて第二回公演が行われた。演目はイプセン作、島村抱月訳『海の夫人』と、チェーホフ作、楠山正雄《くすやままさお》訳『熊』である。須磨子は『海の夫人』ではエリーダ役を、『熊』ではヘレーネ役を務めた。

晋平は、抱月が携わっている舞台を文芸協会のときから折々に観てきたが、これほど閑散とした客席を目にするのは初めてだった。

この頃、芸術座は金銭的に行き詰まっていた。大成功に見えた第一回公演にしても、じつのところは相当な赤字を出していた。というのも、芸術座を立ち上げてから三ヶ月のあいだに掛かった運営費、清風亭への支払いなどすべての支出を、十日間の公演収入で賄《まかな》おうとしたのである。その後の興行もさほどの儲けは出せておらず、『早稲田文学』に稟告《りんこく》を載せて篤志家《とくしか》からの援助を募ったりしたものの、応じる者はほとんどいなかった。そこへもってきての、第二回公演の大失敗なのだ。

「『サロメ』は主役以外の台詞がほとんど削られて、須磨子一人を観せるための芝居になっちまったじゃないか。あんなの、とても芸術とはいえないよ」

「須磨子はすっかり座長気取りだ。気に入らないことがあると、すぐに泣く。島村先生も、女の涙にはめっぽう弱くて、ころりと騙されちまう」

「須磨子はご贔屓さんから贈られたビールやサイダーをとっておいて、劇場の売店で売っては自分の小遣いにしているらしい。島村先生はそれをたしなめようともなさらない。ふん、ばかばかしい。やってられるか」

それまで踏みとどまっていた座員の中にも、芸術座の先行きに失望し、退団する者が続出した。

退団したのち、雑誌などで抱月を痛烈に批判する者もあらわれた。坪内邸で査問会が開かれた折、晋平が空恐ろしさを覚えるほどの熱狂をもって抱月を擁護し、芸術座のもとに集った人たちにしてみれば、その後の抱月の言動は裏切りよりほかの何ものでもなかっただろう。かわいさ余って憎さ百倍という気持ちになっても不思議はない。

そんなある日、勤め先から帰ってきた晋平は、島村家の前を一人の男がうろついているのに気がついた。すらりとした長身にインバネス、中折帽《なかおれぼう》、ステッキという身なりで、ちょっと見たところは紳士風だが、どことなく不審が漂う。

抱月が文芸協会を辞してからこっち、新聞や雑誌の記者がいきなり家に押しかけてきて、抱月と須磨子の関係についての問いを、家族や晋平に投げてくることが幾度となくあった。市子は心労のあまり伏せりがちになり、春子ら子供たちも見知らぬ者が訪ねてくるのをひどく怖がっている。

門口からさりげなく中の様子をうかがっている男もそういう手合いかと、晋平は用心しながら近づいていった。

「あの、この家に何かご用がおありですか」

「ええ。こちらに島村抱月先生がいらっしゃるとうかがって参ったのですが……」

こちらを振り返った男の顔を見て、晋平は目を見張った。

「あっ。あなたは」

二十

「へえ、あなたも戸塚村に引っ越しを。それじゃ、この近くに住まっておられるのですね」

「越してきてもうだいぶになるんだが、島村先生へご挨拶にうかがわなければと思いつつ、なかなか顔を出せなくて」

「ご活躍のほどは存じ上げていますよ。竹久夢二《たけひさゆめじ》といえば、いまをときめく画家ですからね。僕はいま、小学校に勤めているのですが、今日も五年生の女子児童が、あなたの描いた絵葉書を友だちどうしで見せ合っていました。まるで宝物みたいにして」

「よしとくれ。俺の絵なんか、たいしたものではないさ」

晋平の自室に上がった夢二が、いくぶん不貞腐《ふてくさ》れぎみにいった。

三つ齢上の夢二とは、晋平が島村家の書生になったばかりの時分に、よく顔を合わせた。当時の夢二は、まださほど名も知られておらず、『早稲田文学』の姉妹雑誌である『少年文庫』を相馬らと編輯したり、挿絵を描いたりしていた。早稲田実業学校を中退した夢二だが、あるときその絵が抱月の目に留まり、島村家に出入りするようになったという。デッサンや油絵などを描いては抱月の批評を仰ぎにくる夢二を、晋平は幾度となく取り次いだものだ。

ほどなく、夢二は抱月の推挙《すいきょ》によって読売新聞社に入社し、島村家にはあまり顔を見せなくなった。その後、明治四十二年に刊行された『夢二画集　春の巻』が評判となり、世間での人気に火がついた。うりざね顔に憂《うれ》いを帯びた大きな瞳、しなやかな身体をもつ女性像は独特の色香を放ち、夢二式美人などと呼ばれてもてはやされている。

夢二その人もまた、いいようのない色気をまとっていた。どことなく翳のある風貌が、時折、少年のような笑みでくしゃりとなる。女との噂が絶えないのも、晋平にはうなずける。

今日の夢二は、昨年の冬に刊行した『どんたく』を手土産に持参していた。

「ご著書はお預かりして、先生がお帰りになったら渡しておきますね。芸術座の公演が今月末に帝国劇場であるんですが、このところは稽古場に詰めきりで、いつも夜の九時すぎにならないと、帰宅なさらないんです。せめて相馬さんがおいでになればよかったのですが、『早稲田文学』も清風亭の近くに編輯部を移しまして」

「構わんよ。こっちがばたばたしていたせいもあるが、それよりも先生のほうがお忙しそうで、お宅にうかがうのを躊躇《ためら》ってもいたんだ。ほら、去年あたりから巷でも何かと取り沙汰されていたじゃないか。ついには大学もお辞めになったそうだし」

抱月が早稲田大学の教授を辞任して、すでに三ヶ月が経とうとしている。

「ええ、まあ……。それはそうと、いま少し小さい声で喋《しゃべ》ってもらえませんか。家の中には奥様やお子さん方がおいでなんです」

晋平が奥のほうを気にするように目をやると、夢二は肩をすくめ、いくらか声を落とした。

「しかしなあ、堅物そうに見えた島村先生が女に狂われるとは、さすがの俺も一本取られた心持ちだ。真面目一徹の人間がひたすらに思い込むと、どんな思いきったことをしてのけるかわからんな」

「竹久さん、あなた先生を侮辱しているんですか」

夢二は澄んだ目で晋平を軽く一瞥《いちべつ》した。

「侮辱してなどおらんよ。先生と須磨子がいかなる関係にあろうと、とやかくいうつもりは毛頭ない。色恋なんてのはしょせん、せつなく、苦しく、おろかなものだ。ゆえに尊く、ゆえに人を狂わせる。ただ、俺はともかく、もともと学者でいらした先生は、色恋沙汰で世の中から非難されることに慣れていないだろう。それで参っておられるのではないかと、少しばかり気に掛かってね」

引っ越しの挨拶といいつつ、夢二はそのじつ、抱月を案じて訪ねてきたようである。がらっと、玄関の硝子戸が勢いよく開けられたのは、そのときだった。続けて聞こえてくる物音が、なんとなく切迫している。

晋平が部屋を出てみると、玄関にいるのは抱月だった。表を駆けてきたのか、肩で息をしている。目が血走っていた。

「はんこ、はんこが要るんです」

框に上がった抱月は、両手で水を掻き分けるようにしながら階段を上っていく。

「どうして、はんこが……。稽古場にいらしたのではないのですか」

晋平はあわてて後を追った。夢二も従いてくる。

「沢田君が、辞めたんです。稽古中に、松井君と衝突して……。沢田君だけじゃない、倉橋君も、田中君も、渡瀬君も、川路君も、秋田君も……。十人ほどが、いっぺんに稽古場を出ていってしまった」

書斎に入った抱月は、机の引き出しを荒々しい手つきで開けた。

「そんな。沢田さんはこんどの公演で主人公の相手役を演るんじゃありませんか。それに十人も抜けたら、残るのは三人くらいでしょう。とても芝居にならないんじゃ」

「何はともあれ、金を工面して、早急に役者を集めなくてはなりません。これから、借金を申し込みに行ってきます。相馬君に心当たりがあるらしく、新潮社《しんちょうしゃ》の佐藤《さとう》社長に掛け合ってはどうかと」

印判が見つからないのか、抱月は引き出しの中を掻きまわしている。

「帝劇から受け取った手付金は舞台の仕込みに使い果たしているし、でも、いまの芸術座の懐具合では返せないし、どうにかして公演をやらなければならないんです。あった！」

印判を手にした抱月がこちらを振り返り、怪訝な顔をした。

「竹久君……？」

「え、ああ、この界隈に越してきたので、ご挨拶に……。ですが、なんだかお取込み中のようですね」

いくぶん面食らったように、夢二が応じる。

「いやはや、いまお聞きになった通りでしてね。もっとも、ちょいとつまずいたのは事実だが、これしきでくたばるわけにはいきません。近い将来、芸術座が運営する劇場を建てたいと画策しています。そこには食堂やカフェーもあって、音楽の演奏会や、きみみたいな画家の展覧会ができるようにもしたいんです。劇場に附属した演劇学校もこしらえ、いずれはそれを拡張して、文学や音楽、絵画などの研究もする機関をつくりたいと構想しているのですよ」

そこまで話して、抱月はふと我に返ったようだ。

「おっと、こうしてはいられない。きみにはすまないが、話はこんどゆっくり聞かせてください。では、失敬」

夢二と晋平のあいだをすり抜け、抱月がばたばたと部屋を出ていった。じきに階下から、硝子戸を開け閉てする音が聞こえてくる。

だしぬけに、夢二の顔がくしゃっとなった。

「俺などが気を揉むまでもなかった。世間から何といわれようと、己れの生とがっぷり四つに組もうという人は、あっぱれ、お強い」

ひとしきり笑って、夢二が帰っていくと、晋平は自室に戻った。

芸術座に関わるようになって第一回の演奏会を催したのち、次に抱月から命じられたのが、劇中歌の作曲である。今月末に上演する予定のトルストイ作『復活』、その中で主人公、カチューシャ役の松井須磨子にうたわせる歌を作ってくれという。前に作曲した『春の雨』を相馬が気に入ったらしく、こたびの劇中歌を晋平に任せてみてはと、抱月に口添えしてくれたのだった。

文机の上には、歌詞の書かれた紙と、五線紙が並べてある。

カチューシャかわいや
わかれのつらさ
せめて淡雪とけぬ間と
神にねがひをかけましょか

抱月の作詞だ。しかし、五線紙には音符が書き込まれていなかった。晋平が作曲を仰せつかったのは正月が明けてすぐだったのだが、かれこれ二ヶ月になるというのに、曲のかたちが見えてこない。

トルストイの原作では、社会に対する批判や宗教的な思想が主題に置かれているが、抱月は日本で上演するにあたり大胆な脚色を加え、カチューシャとネフリュドフの恋物語に仕立てていた。

「これは恋の歌ですから、学校の唱歌とも西洋の讃美歌とも異なります。日本の俗謡とドイツ歌曲《リート》の中間にあるような、そう、一種の小夜曲《セレナーデ》をこしらえてもらいたいのです」というのが、抱月からの注文であった。

劇の中でうたわれる折は、二度ある。

第一幕では、ネフリュドフとの恋の入り口に立ったカチューシャが可憐にうたい、第四幕では、シベリアの監獄に投じられたカチューシャが、かつての純真な恋を回想しながら低くうたう。

一度目はカチューシャの純情とたおやかさが、二度目は嘆きと諦めが伝わってこなくてはならない。それでいて、西洋の異国情緒と日本らしい風情が溶け合った小夜曲。

考えれば考えるほど、頭がこんがらがってくる。自室に置かれたオルガンは、ほとんど使わなかった。演奏が不得手な晋平には、鍵盤を触りながら曲想を練るよりも、ハミングで音を紡いでいくほうが合っている。

フーンフンフーン、フフフフーン。いや、フンフーンフン、フフンフフンか。だめだ、これも違う。

歌詞に起承転結がないこともあり、短い旋律が浮かんでも次へ展開していかないのだ。毎日、いやでも顔を合わせる抱月からは、矢の催促を受ける。

「中山君、曲はいつできるのですか」

「曲ができないと、稽古を進められないのだが」

「とにかく、早く曲をこしらえてください」

いまも抱月の声が聞こえた気がして、晋平は知らず知らず胃のあたりをさすっていた。

公演まで、あと二十日。それにしても、この差し迫った時期に役者が幾人も抜けて、予定通りに公演できるのだろうか。延期か取りやめになれば、曲作りの苦しみからも逃れられるのに……。

夜遅くになり、新潮社から千円を融通してもらえたと抱月が帰ってきた。その後、数日をかけて、文芸協会の解散後に別の劇団へ加入していた役者たちを訪ねてまわり、公演に必要な人数もどうにか揃った。

そうしたわけで、芸術座は新たな顔ぶれで稽古を再開したものの、晋平の曲作りは遅々として進まなかった。

「中山君、初日まで十日です。今日こそは曲ができますか」

「あと七日しかないんですよ。今日できないと、初日に間に合わないのだが」

「五日後には幕が開くんだ。今日という今日は、何が何でも曲を」

それでも、音が浮かんでこない。そんなときほど、余計なことを考える。

先生が僕の才を見込んで、曲作りを頼んでくださったのだ。何としても期待に応えなければ。僕を先生に推挙してくれた相馬さんにも、恥をかかせてはならない。

胃から苦い液体が上がってきて、何も食べられなくなった。床に入っても、刃物を持った男に追いかけられる夢にうなされ、夜中に飛び起きてしまう。

初日が三日後に迫っても、まだ、曲は仕上がっていなかった。

五線紙に音符を書いては消し、書いては消しの繰り返しだ。口の中が相変わらず苦く、気持ち悪い。

カチューシャ役の須磨子や、かたわらで斉唱する座員たちに歌唱の稽古をつけることを考えれば、これ以上、待たせるわけにはいかない。今日じゅうにできなかったら、潔く荷物をまとめて長野へ引っ込もうか……。

気がつくと、頭がじんじんしている。ふと手許に目をやれば、指先の爪と肉のあいだがうっすらと血に染まっていた。頭を掻きむしりすぎて、地肌を傷つけたのだった。

ちょっと、外の風にあたってこよう。

指先と頭の血を手拭いで拭うと、晋平は表へ出た。

目の前には戸塚村の田畑が広がっているが、カチューシャが見ているのはロシアの広野である。早春の暖かな月夜で、あたり一面にはうすい靄《もや》が立ちこめている。冬のあいだ凍っていた川の氷の割れる音が近くに、そして遠くに聞こえているのは、復活祭の鐘《かね》の音だ。

想像の中の地をさまよいながら、ハミングする。

フンフーンフフン、フフフーンフン……。

晋平がもっとも悩んでいるのは、「神にねがいをかけましょか」の部分だった。ぜんたいの輪郭《りんかく》はおぼろげながら見えてきているものの、歌詞が寸足らずというか、言葉の数が足りないので、しまいの部分がだれてしまうのだ。何かで穴埋めすれば引き締まるのだが、その何かに辿《たど》り着けない。

西洋の真似ばかりでなく、日本の伝統に根差した、日本ならではの新しい音楽。日本にもともとある音曲と西洋音楽との融合。

耳の底に、抱月と交わした会話がよみがえる。

日本の民謡や俗謡だと「ヨッ」や「ア、ソレ」など、いわゆる合いの手を入れるところである。

しかし、西洋風の合いの手とは、何なのだろう。いつとはなしに、足が止まる。

――ララ。

唐突に、ひらめいた。

「神にねがいを、ララ、かけましょか」

口ずさんでみると、うまい具合に曲がととのう。

晋平は方向を変え、清風亭へと駆けだした。歌詞のあいだに合いの手が入ることを、抱月が許してくれるとよいのだが。

稽古場にいた抱月は、晋平が入ってくると、すぐさま目の前でうたわせた。

「ふむ、ララとは、面白い策を思いつきましたね。こんな歌は、いままで聞いたことがありませんよ。よし、これでいきましょう」

抱月の顔に微笑が浮かんだのを見て、晋平は心底ほっとした。が、またもや別の不安が押し寄せてくる。

いままで聞いたことがないような歌を、はたして見物客が受け入れてくれるのだろうか。前回の『海の夫人』に続いてこの公演も不入りとなれば、瀬戸際に立たされている芸術座は、こんどこそ潰れてしまうかもしれないのだ。

二十一

おや、と晋平が首をかしげたのは、勤めている千束小学校の校門を出て、少しばかり歩いたところであった。四月に入り、新学期が始まっている。

どこかで、ハーモニカが「カチューシャの唄」を奏でていた。音の出どころを辿っていくと、裏通りにある町工場の脇で、職工とおぼしき青年を見つけた。青年の吹くハーモニカに、同僚だろうか、似たような年恰好をした数人が横で聴き入っている。

「いいよなあ、この曲。甘くて美しくて、どこか懐しいのに、新しいんだ」

晋平の耳に、一人がつぶやくのが届いてきた。身体がかあっと熱くなる。涙が出るほど嬉しかった。

三月二十六日から六日間、帝国劇場にて催された芸術座の第三回公演は、大きな成功を収めた。『復活』はむろん、同時に上演された『嘲笑』も好評を博している。

「カチューシャの唄」は、舞台稽古に掛けてみると存外に短く、あっという間に終わってしまうので、急遽、二番から五番までの歌詞が相馬によって書き加えられた。公演中、劇場の廊下に張り出された歌詞の前には、ノートに書き写そうとする見物の学生たちが二重、三重の人垣をつくった。うたうのが得手ではない須磨子に歌唱を稽古するのは晋平も一苦労だったが、音程の定まらないメゾ・ソプラノがカチューシャのはかない恋にぴたりとはまり、思わぬ効果を上げた。

とはいえ、聞こえてくるのは称讃の声ばかりではなかった。社会や宗教の問題を主題としている原作を甘い恋物語に脚色した抱月に対し、トルストイへの冒瀆《ぼうとく》だとか、これでは文芸協会の『思い出』とやっていることが同じで、とても芸術とはいえないのではないかなど、文壇の一部からは厳しい声が上がったのである。

「だがね、中山君」

数日後、芸術座の『復活』を批判する記事を新聞に見つけた抱月が、晋平に声を掛けた。

「やみくもに芸術にこだわっていたのでは、遅かれ早かれ金銭的に行き詰まる。私もこの八ヶ月ほど芸術座を切り盛りしてみて、つくづく身に染みた。近代劇協会に新劇社、無名会、舞台協会……。昨今は我々のような新劇団が雨後の筍《たけのこ》がごとく、そこ此処《ここ》で立ち上がっているが、そのうちの幾つかは金繰りに困って、いずれ立ち行かなくなるでしょう。芸術座だけは、どうあっても生き残らなくてはならないし、私にはその責がある。かならずひと山当てて、経済的な基盤を築かなければと、そういう狙いもあって『復活』を脚色したんです。通俗趣味との誹《そし》りを受けようとも、取れるところからは金を取って、借金を返していかねばなりません」

「そこまで見通していらしたのですか……」

「大衆なくして芸術なし。こたびの公演で、そう確信しましたよ」

その言葉を聞いた晋平の脳裡に、ハーモニカの青年がよみがえった。「カチューシャの唄」が何ゆえ彼らから支持されたのかと、ときに考えることがある。当節の青年は、青年らしい心を託すことのできる、青年のための歌にめぐまれていない。渇望している心に、「カチューシャの唄」が深く染み入ったのだろう。知識階級だけでなく、あの青年のようにみずから身体を動かし、汗を流し、力を振り絞って働く人たちに支えられてこそ、芸術の存在する意義があるのではないだろうか。

「大衆なくして芸術なし……。先生、僕も同感です」

「今後は、経済的な基盤を築きつつ、芸術運動を進めていこうと思案していましてね。大きな劇場で大衆受けのする演目を上演し、小さな劇場で芸術性の高い演目を上演する。目標の実現に向け、自前の劇場を早く建設したいものです」

静かな闘志を燃やす抱月を前にして、晋平はわずかにやるせなくなった。

抱月がいま語っているのは、とりもなおさず、逍遥が文芸協会でやろうとしていたことだった。しかも、逍遥は演劇研究所や試演場などの遣り繰《やりく》り算段を、まるごと自費でまかなっていたのである。いまさらながら、晋平には二人が袂を分かったことが惜しまれた。

芸術座は東京での成功を受け、四月半ばには大阪、京都、神戸で公演した。『復活』は京阪神でも当たりを取り、長野、富山、金沢、岐阜と、地方都市へも出掛けていった。七月半ばには、抱月が晋平に語った通り、下渋谷の福沢桃介《ふくざわももすけ》邸にて三本の研究劇を披露している。それがすむと、こんどは上野で開催されている大正博覧会の演芸館で七日間、『復活』を上演した。

「カチューシャの唄」の人気も上々で、京都での公演中には須磨子がレコードに歌を吹き込んでいる。抱月から作曲料として十円をもらった晋平は小躍りし、それを元手に「カチューシャの唄」の楽譜を自費出版した。表紙の絵を描いたのは竹久夢二で、晋平がだめでもともとと頼んだところ、快く引き受けてくれた。抱月も、祝儀にと巻頭のことばを書いてくれている。

「中山さん、ちょいと」

八月初めの蒸し暑い夜、自室で本を読んでいる晋平に、市子の声が掛かった。

「いま、うちの人と話し合っているのだけど、中山さんにも立ち会ってもらえないかしら。二人きりだと、埒《らち》が明《あ》かないんですよ。明日は坪内の奥様にお会いして、話し合いの結果を申し上げなくてはならないのに」

市子は時折、セン夫人に招ばれて坪内邸を訪ねていた。どうも、抱月と須磨子の問題に島村家としてのけじめをつける時が来ているのではないかと、セン夫人から意見されているらしい。もちろん、そこには逍遥の意向が働いていると見るのがしぜんだろう。

「ねえ、後生ですから」

あまり気が進まないが、市子に繰り返し頼まれると断りきれない。

二階の客間に入ってみると、抱月と春子が座卓を挿んで座っていた。

お春坊も、こんな場に同席したくはないだろうに……。晋平は春子を気の毒に思いつつ、入り口に近いところへ腰を下ろす。

市子が春子の隣に膝を折ると、待っていたように抱月が口を開いた。

「さっきもいったように、私はお前を愛している。だから、家も仕事も、これまで通りに進めさせてほしい」

愛しているという言葉に、春子がぱっと顔を赤らめて父親を見、だがすぐに下を向く。

晋平もどぎまぎしたが、市子は厳然たる表情で抱月を見据えていた。

「あなたはそうおっしゃいますが、それではけじめがつきません。これほど頼んでも、あの女と切れることはできませんか」

「松井君がいなくては、芸術座は成り立たないんだ。無茶をいわないでくれ。私はこの家で寝起きし、食事もお前たちと共にしている。芸術座はいまが正念場なんだ。そんなときに足許がごたつくようではかなわん。松井君のことは、仕事をする上でのパアトナアとして、割り切ってもらえないだろうか」

「よくもそんな身勝手を……。だいたい、あの女は坪内先生が文芸協会で育てられた女優じゃありませんか。あなたが先生から奪ったんですから、お返しするのが筋というものでしょう」

　抱月がわずかに眉を持ち上げる。

「断っておくが、奪ったのではない。先生が松井君に退会を命じられ、松井君が自分の意思で芸術座に加わったんだ」

「何といおうと、このままでは坪内先生ご夫妻に申し訳が立ちませんよ。きちんとけじめをつけないと、この先ずっと、世間から後ろ指を差され続けます」

「では、お前のいうけじめとは、何なのだ」

　抱月の声が尖りを帯びた。

　市子が手許に目を落とし、ゆっくりと顔を上げる。

「あの女とすっぱり別れるか、さもなくば、あなたが家を出ていくか……。それよりほかに、手立てはありません」

「ちょ、ちょっと待ってください。お二人とも、それぞれにいい分はおありでしょうが、まずはお子さん方のことを考えてあげてもらえませんか」

晋平はたまらずあいだに入った。

「僕は早くに父を亡くし、母に女手一つで育てられました。兄や弟がいて、さほど寂しくは感じませんでしたが、それでも、親父がいてくれたらと願うことは一度ならずありました。こちらには嫁入り前の春子お嬢さんや君子お嬢さん、だんだん難しい齢頃にさしかかる震也坊っちゃんに秋人坊っちゃん、可愛い盛りの敏子お嬢さんもおいでです。ご両親そろっての支えを、何より必要とされている。お子さん方には、僕と同じ思いをしてほしくないんです」

「中山さんは、黙っていてちょうだい。これは夫婦の話なんですから」

ぴしゃりと撥《は》ねつけられ、晋平は口をつぐんだ。立ち会ってくれと懇願されたゆえ、わざわざ二階へ上がってきたのに、まるで間尺に合わない。

うつむいていた春子の咽喉が、小さく鳴った。

「一つだけ、訊かせてください。お父さまにとって、一番に大切なのは誰ですか」

「一番か……。お父さまには春子もお母さまも、坪内先生も、そして松井君も同じくらい大切で、誰が一番とは決められないんだ」

抱月が寂しそうにいって、天井の隅のほうへ目を向けた。

春子の表情が凍りついている。

晋平はとても見ていられず、そっと顔をそむける。思えば、抱月が須磨子との逢瀬を市子に見つかり、晋平にラヴを語ったのもこの部屋だった。あれから、ちょうど二年になる。

夜が明けると、抱月は身の回りの品を詰め込んだトランク一つを持ち、家を出ていった。

「お父さま、お願い、行かないで。わたしには、お父さまとお母さまが、一番に大切なのよ」

泣いて引き止める春子の声が往来にまで響いたが、抱月は後ろを振り向こうとしなかった。

数日後の八月七日から六日間、芸術座は歌舞伎座で夏季臨時公演を行った。演目は、前に文芸協会で演ったことのある『故郷』と、シュミットボン作、森鷗外訳『ギオゲネスの誘惑』であった。

晋平は抱月が家に残していった細々した荷物を携え、歌舞伎座の楽屋を訪ねた。抱月は清風亭からほど近い場所にある須磨子の借家に転がり込み、そこから歌舞伎座に通っている。

「先生、どうしても家にお帰りにはなりませんか。春子お嬢さんは落ち込んだ顔をなさって、食もあまり進まないようなのですよ」

これまで抱月が不在であっても、市子や子供たちはむしろ平穏すぎるくらいに暮らしていたが、それは時が経てば抱月はかならず帰ってくるという、揺るぎない安心の裏返しであったのだと、晋平はいまになって気づいたのだった。

「こうなってしまっては、もはや後戻りはできないでしょう。文芸協会を飛び出し、早稲田大学を辞め、島村の家を去って、私の帰る場所はどこにもなくなりました。いまは、むしろせいせいしています。いわばどん底に落ちたかたちだが、これから先は、そのどん底を味わい尽くそうと思っていますよ」

どこか捨て鉢《ばち》にも見える笑みに口許をゆがめ、抱月はひと言ずつ嚙みしめるようにいった。

そのときの晋平は、ほどなく自分も島村家を出ることになろうとは、これっぽっちも予見していなかった。

およそひと月後、九月に入って最初の土曜日のことである。勤め先も午前中で授業が終わり、晋平は昼すぎに校門を出て、帰りがけに芸術座の事務所に立ち寄った。

夏休み中に地方へ帰省した学生たちによって、「カチューシャの唄」が全国に広まっていた。二学期の始まった小学校でも児童たちが所かまわず口ずさみ、晋平は職員会議にかけられたりしてばたばたしていたので、事務所に顔を出すのは一週間ぶりだ。

芸術座は八月末から北海道へ巡業に赴いており、晋平は抱月とも入れ違いになっている。稽古場はがらんとしていたが、事務所では数人の事務員が郵便物の仕分けや電話の応対に追われていた。抱月たちが帰ってくるのは九月半ばで、帰京した翌日からは新聞社主催の読者観劇会に出演する予定になっているという。

残暑が厳しかった。額に浮き出てくる汗を手の甲で拭いながら戸塚村へ帰ってきた晋平は、玄関の戸を開けて首をひねった。框に柳行李《やなぎごうり》や茶箱などが幾つも並べてある。唐草模様の木綿風呂敷に包まれた大きな荷物もあった。

折しも、市子が奥から出てきた。小ぶりの木箱を抱えている。

「奥様、これはいったい」

「引っ越すんですよ」

茶箱の上に木箱を置き、市子は事もなげに応じた。

「西大久保に手ごろな借家が出ていたの。午前中に見せていただいて、決めてきました。引き移るのは来週になるけど、先にまとめられるものは玄関に並べておけば、作業がしやすくなるでしょう。これをしおに、おみつには暇《いとま》をやることにしたわ。中山さんはここに残ってくださって結構よ。大きな家具は向こうの家に入りきらないから置いていくし、二階の書斎もそのままにして行きますから」

「え、え、あの、どうして引っ越しなんか」

市子の眉尻が上がった。

「あるじがいないのに、こんな不便な場所にいたって仕方がないじゃないの。もう、いっときたりともこの家にはいたくないのよ」

「でも、坊っちゃんたちは二学期に入ったばかりじゃありませんか。君子お嬢さんだって、上の学校にあがるのは来週だったかと」

次女の君子は、九月入学の女子美術学校へ進学することになっている。島村家にいる一人の大人としても小学校の教員としても、晋平には子供たちが案じられた。

「夏休みが終わって学校が始まるだけでも心と身体に負担が掛かるのに、西大久保に引っ越すとなると、震也ちゃんと秋人ちゃんは転校しなくてはならないんですよ。とくに震也ちゃんは、環境が変わると馴染むのに時が掛かります。どうか、思いとどまっていただけませんか。あ、そういえば」

晋平は通勤鞄の中から茶封筒を取り出し、市子に差し出す。

「芸術座の事務所で、預かってきました。先生が北海道へ出発なさる前に置いていかれたそうで、なんといいますか、当座の生活費が入っているとのことです」

市子は首を前に傾けたが、「市子どの」とある抱月の字を目でなぞると、背筋を立てた。

「要りません。中山さんから返しておいてちょうだい」

「お子さん方のためにも、受け取っておかれては」

「お金ならこれまでの蓄えがあるし、実家に頼めば助けてもらえるもの」

「そうはいっても、君子お嬢さんの入学の支度やら学費やら、何かとお金が入り用なのではありませんか。先生も、お祝いしてあげたいと思っておられるでしょうし……。ですから、どうぞこれを」

いま少し近づけようと伸ばした手が、市子に払いのけられた。

「要らないといってるじゃないの」

「…………」

茶封筒が足許に落ちている。腰をかがめて拾おうとする晋平の耳に、市子の声が被さった。

「あなただって親切ぶっているようで、しょせんは向こうの味方なんだわ。夏休み中も出掛けていって、家のことをいちいち告げ口していたんでしょう。探偵みたいなことをして、いやらしいったら。小遣いを幾らもらっているのかと、訊きたくなるわ」

ぷつっと、晋平の中で何かが切れた。手にした茶封筒を、ぎゅっと握りしめる。身を起こすと、頭から血が引いていくかわりに、火のような怒りが噴き上げてきた。

「僕は、先生の味方でも奥様の味方でもありません。しいていえば、お子さん方の味方です。父親も母親も自分のことしか頭にないから、赤の他人の僕がお子さん方のことで気を揉んでるんじゃないか。それを、何だ」

怒りに悔しさが混じり、鼻の奥が痛くなる。

「そんなふうにいわれたんじゃ、こっちも立つ瀬がありません。奥様より先に、僕がこの家を出ます。西大久保だろうがどこだろうが、好きなところに行けばいいんだ。僕の知ったことじゃない」

「そう、どうとでも勝手になさい」

市子が短く吐き捨てた。

自室に入った晋平は、猛然と荷造りに取り掛かった。煮えくり返るような脳みそで、上京して何年になるかと数をかぞえる。九年だ。九年ものあいだ世話になった島村家を、何ゆえこんなかたちで出ていかなくてはならないのだろう。

しばらくすると、春子が心配そうに部屋をのぞき込んだ。

「中山さんも出ていくって、本当なの」

「お春坊にはすまないが、僕はここにはいられないよ。明日にでも次の下宿先を見つけてこないと」

春子は部屋に入ってくると、積み上げられた本や楽譜を慎重に跨《また》いで、オルガンの椅子に腰掛けた。

「お父さまも、中山さんも、相馬さんたちも、おみつも、わたしたちも、みんなこの家からいなくなるのね」

力なく足をぶらぶらさせながら、オルガンの脇にある窓へ目を向ける。そこからは、二階の書斎をのぞむことができた。頰骨の下に影が差した横顔を、晋平は痛ましく見つめる。

「お父さまね、一度だけ家に戻っていらしたのよ。中山さんがお盆で長野へ帰っていたときに……。二階にいるわたしのそばでごろんと横になって、お茶漬けが食べたいなっておっしゃったの」

「お茶漬けか……。先生は、板わかめのお茶漬けが好きでいらしたね」

春子の横顔がうなずく。

「台所で板わかめを探したけど、見つからなかったの。どこにあるのかとお母さまに訊いたら、わたしたちを捨てた人に食べさせるものは、どこにもないって……。二階に上がって、お父さまにそういうと、うん、わかった、また来るよって、それっきり。あのときお茶漬けを食べていたら、いまごろは何かが違っていたかしら」

晋平は本の山の上にある茶封筒を取り、握りしめたときにできた皺を伸ばした。

「お春坊の気持ちは、先生に伝わったと思うよ」

茶封筒を春子に手渡し、窓を見上げる。

空が、いつのまにか高くなっていた。

二十二

およそ四年の歳月が流れた。

晋平は市電を牛込肴町《うしごめさかなまち》で降り、神楽坂《かぐらざか》を上って横道へ折れた。小さな寺院の山門が両側に建ち並ぶ通りを少しばかり歩くと、二階建ての瀟洒《しょうしゃ》な洋風木造建築が視界に入ってくる。下見板張りの白い外壁に、縦長の大きな窓が幾つも並んでいる。二階の壁の上部にレリイフされた「芸術倶楽部」の文字が、ひときわ目を引いた。

大正七年十月となったいま、芸術座はかつて清風亭に置いていた拠点を、ここ牛込横寺町に建てた芸術倶楽部に移していた。一階には約三百人の見物客が入る劇場を備え、二階には客席のほか、貸し出しのできる会議室なども設けられている。

表玄関をまわり込み、内玄関のほうへ向かうと、四十がらみの小肥りな男が箒《ほうき》で土間を掃いていた。

「小林さん、ご苦労さまです」

「ああ、中山さんもご苦労なことですな。先生は二階においでですよ」

小林放蔵《ほうぞう》は須磨子の長兄で、一家でここの一階に住み込み、建物の管理にあたっている。

内玄関から建物に入った晋平は、楽屋の手前にある階段を上った。こちらは舞台の裏側となる部分で、座員たちが寝泊まりできるようになっており、一階にはほかに台所や風呂、便所などがある。

裏二階の廊下には、干物を焼くような匂いが漂っていた。晋平は匂いの出どころとなっている部屋の前に立って声を掛ける。

「島村先生、中山ですが」

「中山君か。どうぞ、入ってください」

入り口の襖《ふすま》を開けると、六畳間の中ほどで抱月が四つん這いになり、畳に広げられた大きな紙へ鉛筆で何やら書き込んでいた。長火鉢のかたわらにいる須磨子が、晋平のほうへ首をめぐらせる。

「いらっしゃい。いまね、するめを焼いてんのよ。お茶にしようと思ったのに、菓子を切らしていて」

簞笥や蠅帳《はいちょう》が壁際に寄せられ、鏡台も置いてある。布団こそ出ていないが、抱月と須磨子はこの一室で共に寝起きしているのだった。続きの間は、抱月の書斎になっている。

「どうも、お邪魔します。来月の芝居の曲が仕上がったので、持って参りました」

「そう、『緑の朝』の曲が……。中山さん、そこでうたってみてよ。あたし、譜面を見たってわかんないもの。ねえ、先生」

抱月が上体を起こして座り直し、晋平にうなずいて見せる。

晋平は抱月と須磨子の向かいに膝を折り、「緑の朝の唄」を一節、うたった。

「ほう、なかなかいいですね」

目をつむって聴いていた抱月が口許に笑みを浮かべたが、須磨子はわずかに唇を尖らせた。

「また、むずかしい曲をこしらえて……。中山さんたら、ちっとも手加減してくれないんだから。でもまあ、いいか。中山さんもあたしに歌を稽古するのは至難の業とわかってんですものね。せいぜいあたしと一緒に難儀するといいんだわ」

冗談とも憎まれ口ともつかぬいいように、晋平も抱月も苦笑する。

「中山君、この曲も『カチューシャの唄』や『さすらひの唄』のように、流行ってくれることを祈ります。いまや巡業でどこへ行っても、歌の場面になると客席が唱和してくれましてね。舞台袖で聴くと、その土地に歓迎してもらえている心持ちになるんです」

「自分の作った曲を津々浦々でうたっていただけるのは、じつにありがたいことです。曲の出来映えがそのまま流行りにつながるとはいえないのが、難しいところですが……。しかしながら、『さすらひの唄』みたいに世間の顰蹙《ひんしゅく》を買うようだと、あまり喜んでもいられません。勤め先でも、児童の父兄がやかましくいってきますし」

「あら、顰蹙を買ったっていいじゃないの。じっさい、『さすらひの唄』が流行ったときは、芸術座はいったいどんな劇をやっているのかと、かえってお客が増えたわよ」

須磨子が平然といってのけた。

「カチューシャの唄」のあと、晋平は大正四年に『その前夜』の劇中歌「ゴンドラの唄」を、同六年には『生ける屍《しかばね》』の「さすらひの唄」「にくいあん畜生」「今度生まれたら」を作曲した。『生ける屍』は、まずは芝居が好評で、劇中歌の三曲も「カチューシャの唄」を超える人気を博したが、北原白秋《きたはらはくしゅう》の書いた詩が不謹慎だとして世間の一部から非難を浴びた。当然、作曲した晋平にも同じような目が向けられ、学校の先生があんな曲を作るのかと、勤め先では眉をひそめる父兄も少なくなかった。

もっとも、芸術座が世の中に送り出した楽曲は、劇中歌だけにとどまらない。晋平も携わった第二回「芸術座音楽会」では、竹久夢二作詞、多忠亮《おおのただすけ》作曲「宵待草《よいまちぐさ》」がここ芸術倶楽部の舞台で初披露され、またたく間に巷へ広まっていった。

「先生、するめが焼けたわよ。中山さんも食べる?」

皿に取ったするめを、須磨子が手で裂いている。

「僕にはお構いなく。お二人で召し上がってください」

「あ、そ。じゃあ、そうさせてもらいますよ。おや、中山さんにまだお茶を出してなかった」

抱月のほうへ皿を押しやると、須磨子は茶の支度に掛かった。まるで長屋のおかみさんみたいな貫禄が漂っている。

晋平はこれまで幾度も抱月をふてぶてしく感じてきたが、図太さでは須磨子のほうが一枚上手という気がする。女の身で役者を目指したことにしろ、家庭のある抱月とわりない仲になったことにしろ、世間からの風当たりがきつかったのは、むしろ須磨子のほうだった。むろん、当人はそうとう傷つき、悔しい思いも数え切れぬほどしただろうが、演技にも恋愛にも全身全霊で食らいついていった結果、いまがあるに違いない。

抱月がまだ戸塚村の家にいた時分、須磨子が訪ねてきて、「金輪際、二人きりでは逢わない」といったことがあった。市子は須磨子の芝居だとばっさり切り捨てたが、晋平はそうではないと思っている。少々のことではびくつかぬ、肚の据わった須磨子だからこそ、あれは本心から出た言葉だったのではないだろうか。

だが、どちらであったにせよ、いまさら蒸し返すこともない。

晋平は、畳に広げられている大きな紙に目を向けた。そこには、日本列島をはじめ台湾や大陸の一部までが地図に描かれており、幾つもの都市に鉛筆で印がつけられている。

「こうして見ると、いろんなところを巡演されていますね」

「北は北海道から南は鹿児島まで、日本のおもな市町村はほとんどまわったと思います。台湾や朝鮮、満州、ウラジオストクにも出向きましたし……。このあいだ数えたら、百九十五ヶ所も行っていましたよ」

「へえ……。名古屋や京阪神には幾度もいらしていますから、上演回数はもっと多くなるんじゃありませんか」

「旅に出ていた日数も、ついでに数えてみたのよ。そしたら、八百日を越してたの」

晋平の前に湯呑みを出しながら、須磨子が口を入れてくる。

たしかに、『復活』で当たりを取って以降、芸術座は巡業につぐ巡業に追われていた。合間に東京へ帰ってきて、帝国劇場や明治座などで公演するときは晋平も抱月たちと顔を合わせるが、それが終わるとふたたび地方へ出掛けてしまう。

今年になっても、一月半ばから六月までは大阪、京都、中国地方、九州地方をまわっていた。

「東京の大きな劇場は、だいたい月初めから二十五日までは本興行で埋まっていて、芸術座が公演するとしても、月末の一週間ほどしか貸してもらえません。一週間の興行収入だけでは劇団一ヶ月分の運営費をまかなうことはできませんから、巡業に出るほかないんです。芸術倶楽部の建物は三年前に完成したとはいえ、建設のためにほうぼうから借りた金を返済しなくてはならなかったし……。とにもかくにも各地をまわって、無我夢中で劇を上演してきました。でも」

いいさして、抱月がふうっと息をついた。

「旅から旅の明け暮れにも、ようやく区切りがつきそうです。この七月、芸術座には松竹合名社という後ろ盾がつきました。芸術座の芝居を、松竹が一日につき百五十円、それを月の十五日間は責任をもって買い取ってくれることになったんです。我々には毎月、二千二百五十円が確実に入ってくると決まったんですよ。おかげで、芸術性の高い研究劇に心置きなく取り組めるようになり、先週はここの舞台で『死とその前後』や『誘惑』を上演することができました」

「先生……。とうとう、ここまでこられたのですね」

晋平の胸に、熱いものが込み上げてきた。劇団の経済的な基盤が固まり、抱月の目指している一大芸術運動が、大きな一歩を踏み出したのだ。

深く感じ入りながら、あらためて地図を眺める。

「とくに心に残っている場所などはおありですか」

「そうねえ、岡山かしら。鍛冶屋《かじ》を見にいったのよ」

応じたのは、須磨子だった。

「鍛冶屋って、トンテンカンテンの、あれですか」

「岡山で一日だけ休みができて、長船《おさふね》の刀鍛冶を見学させてもらったんですよ。向こうで世話役を務めてくれた方が、案内してくださいましてね」

抱月が言葉を付け足してくれた。

「長船というと、古くから名だたる刀工を輩出してきた土地と耳にしたことがありますが……。このごろは洋鉄の軍刀が主流になって、日本刀は廃《すた》れてきているのでは」

「きみのいう通りですが、長船には細々と日本刀を打っている刀鍛冶がいるんです。聞けば、いまや風前の灯となっている山陰のたたら場まで足を運び、玉鋼《たまはがね》を手に入れているとのことでした」

「そうですか、山陰のたたら場に」

「中山さんも、鍬《くわ》や庖丁《ほうちょう》をこしらえる鍛冶屋は見たことがあるでしょう。刀鍛冶ってね、職人の目の色やその場にみなぎっている空気が、まるで違うのよ。いささか怖くなるくらいに厳かでね」

須磨子が話すのを聞くうちに、その折の光景が浮かんできたのか、抱月も感慨深そうな顔つきになった。

「真っ赤に熱せられた鋼を叩き、折り返してはまた叩き、鍛錬して強度を上げていく。鉄は熱いうちに打てとは、よくいったものです。私が芸術座を立ち上げた四十二という年齢は、けっして若くはないが、演劇にかける想いなら誰にも引けを取らない。想いの熱いうちに幾度となく打たれ、鍛えられて、こんにちまでやってきた。鼻先へ飛び散ってくる火の粉におののきながら、そんなことを考えたり、子供時分に見た、たたら場の焰《ほのお》に思いを馳せたりして……。たたら場にはあまりよい記憶はないが、たまらなく懐かしかった。なんだか、不思議な気がします」

くしゅん、と須磨子がくしゃみをした。

窓の外には、豆腐売りのラッパが聞こえている。

「やっぱり、するめじゃお腹にたまらないわね。何かこしらえようかしら。中山さんも食べていきなさいよ」

「いえ、僕は……」

「中山君は家で細君が待っているんだから、うちで食べていってはまずいでしょう」

晋平が断るより先に、抱月が須磨子に応えた。

「そんなことといったって、中山さんの奥さんも勤めに出てるんでしょ。外で食べてきてもらったほうが、きっと助かるわ」

晋平は昨年六月に結婚し、代々幡村代々木《よよはたむらよよぎ》に所帯を構えていた。四つ齢下の妻、敏子《としこ》も小学校の教員で、結婚してからも仕事を続けている。

島村家を出たあとは、『早稲田文学』の編輯手伝いからも遠ざかっていた。二年ほど前には、相馬も体調不良などを理由に故郷の糸魚川《いといがわ》へ帰っている。

「ね、食べていくでしょ。先生の好物をつくってあげるわよ」

それを聞いて、晋平も気が変わった。

「板わかめのお茶漬けですか……。いいですね、ご相伴《しょうばん》にあずからせていただきます。しかし、板わかめはどうやって手に入れるんです。島根から送ってもらうんですか」

「ふ、ふふ、何をいってんのよ。先生の好物といったら、うどんでしょ。こう、おしまいに生卵を落としてさ」

「…………」

「あたし、卵酒もこしらえようかな。風邪を引いたみたいで、ちょっとばかり頭が痛くて」

須磨子が指先でこめかみを押さえるのを見て、抱月が眉をひそめる。

「それはいけないね。たちの悪い風邪が流行り始めていると、新聞に出ていましたよ。今夜は早く床に入って休みなさい」

「ええ、そうさせていただくわ。じゃ、ちょいと待っててくださいよ」

長火鉢の猫板《ねこいた》に手をついて立ち上がると、須磨子は部屋を出ていった。

物言いがずけずけして、遠慮や気遣いに欠けるような須磨子だが、素直で裏表がないともいえ、晋平がつき合いにくさを感じることはなかった。須磨子にとって晋平は歌の先生であり、多少は敬意を払われているのかもしれない。お世辞にも歌が上手いとはいえないものの、須磨子は演技と同じく体当たりで、歌をまるごと身体に覚え込ませようとする。口伝えで稽古する晋平も、その一途さには舌を巻いた。

階段を下りていく足音に耳を傾けながら、晋平は抱月に顔を向ける。

「先生も、ずいぶんと変わられましたね」

食の好みについていったのだが、抱月は別の受け取り方をしたようで、軽く目を伏せた。

「大学教授で妻子もいた私が身を持ち崩し、とうとう一座の差配人に成り下がった。考えてみれば、たいそうな変わりようです。蔑み、哀れみ、嘲笑……。何か痛ましいものを見るような目を向けてくる人もいますからね」

「そんなつもりでは……。おっしゃるような見方をする人も、いるにはいます。でも、僕はそうは思いません」

晋平はきっぱりといった。

「先月の歌舞伎座での公演の折、玄関ホールに立たれている先生を、少し離れたところからお見掛けしました。黒紋付を羽織った先生は袴の膝に手を当て、頭のつむじが見えるほど腰を折って、見物客を迎えておいでででした。ああ、先生は旅の先々でこうして戦ってこられたのだと、僕は痛切に感じ入ったんです。先生は松井さんと、大衆の中を力強く歩んでおられるのですね」

「中山君……」

「大劇場での興行に加え、これからは研究劇にも本腰を入れて、ぞんぶんに戦ってください。僕も、一緒に戦わせてもらいます」

「ありがとう。きみがそんなふうにいってくれて、こんなに心強いことはありません。芸術座を立ち上げ、がむしゃらに突っ走ってきたが、机の上で憂えるばかりだった人生を、私はいま、この手とこの足で切り拓いていっている。そう実感しています」

抱月が目許を弛ませ、はにかむように笑う。

晋平の大好きな、抱月らしい笑顔だった。誰が何といおうと、先生は己れの道を生きているのだ。

二十三

十一月に入り、つめたい木枯らしが吹くようになった。

朝、目を覚ました晋平が茶の間へいくと、円卓にはすでに納豆や漬物の鉢が並べられていた。

「お早うございます。そろそろ起こさなくてはと思ってたんですよ」

台所から盆を抱えてきた妻の敏子が、湯気の上がっている茶碗と汁椀を、てきぱきと円卓に載せていく。

「昨夜も遅くまで書斎のあかりが点《つ》いていたようですね。わたしは先に休ませてもらいましたけど……」

「楽譜に少々気になるところがあって、音符をいじっていたんだ」

晋平は、鼻下の髭に軽く指先を触れながら応じた。いささか童顔なので威厳を持たせるため、結婚を機に髭をたくわえ、いがぐり頭もやめていまは髪の毛も少しばかり伸びている。

晋平が円卓の前に腰を下ろすと、敏子も袖に掛け渡した襷《たすき》を抜き取りながら向かいに膝を折った。いただきます、と二人で合掌する。

「今日は芸術座の初日でしたね。学校から劇場へ向かわれますか、それとも、いったん家へお戻りに?」

芸術座は、自前の俳優と歌舞伎俳優の共演による『緑の朝』を、明治座にて上演することになっていた。晋平が作った曲も、劇の中でうたわれる。

晋平は浅草の千束小学校、敏子は赤坂《あかさか》の中之町《なかのちょう》小学校に勤める教員で、いわゆる共働き夫婦である。家事に仕事にと奮闘する敏子の言動には無駄がない。晋平には、それが頼もしかった。

「さっきも考えたんだが、劇場に顔を出すのはよしておく。いまの風邪は、どうもふつうではなさそうだからね。千束小も、閉鎖になった学級が幾つかある。島村先生に対して義理を欠くことにはなるが、僕がいなくても俳優たちはしっかりとうたえるように仕上がっているし」

「そうなさるのがよろしいかもしれませんね。劇場で風邪をもらって、学校の子供たちに感染したりすると大ごとですもの。わたしの学校でも、寄席や芝居みたいに人が集まる場所への出入りは控えるようにと、校長先生が職員会議でおっしゃいました。このところは毎朝、今日の欠席者は幾人いるかと、びくびくしながら教室の戸を開けていますよ」

どちらからともなく、ため息をつく。

学校で風邪による欠席者が出始めたのは、夏休みが明けた頃だった。風邪じたいはたいして珍しくもないが、例年は寒くなってから患者が増えるのに、いささか季節外れなことだと夫婦で話したのを晋平は憶えている。学校のほかにも軍隊や工場など、人々が集団で活動する場で流行《りゅうこう》しているらしく、幾度か新聞にも取り上げられた。そこには、別に特殊なものではなく、規則正しい生活が予防につながると書かれていた。

だが、十月下旬になって、にわかに新聞の論調が緊迫の色合いを帯びてきた。流行性感冒が世界や日本の各地で猛威《もうい》を振るっていると、各紙がいっせいに伝えだしたのだ。東京では青山師範学校で全校生徒の三分の一、女子師範学校で同じく二分の一が感染し、中央電話局や鉄道の各駅に勤める職員たちにも多くの患者が出ており、業務に支障をきたしていると報じられた。

うっすらとした不安が、晋平の頭をよぎった。ただ、過去に猖獗《しょうけつ》を極めたコレラや腸チフスのように、感染した十人が十人とも命を取られる病ほどには恐れなくてもよさそうだと、これも敏子と話したことであった。げんに、感染して治った児童に聞いてみると、三日ほど高熱が出て全身がひどく痛むところはいつもの風邪と異なるものの、熱が下がれば身体もらくになるという。

北陸や関西では死者が出ているようだが、晋平の周囲ではそういった話は聞いていない。とはいえ、用心するに越したことはないというのが、夫婦のあいだで一致した見解だった。晋平が劇場にいくのをためらうのには、流行性感冒のほかにもわけがある。自分の作った「緑の朝の唄」に、いまひとつ自信が持てずにいた。譜面を書いたときには情感に満ちたよい曲だと思ったのに、稽古場で松井須磨子にうたわせてみると、存外に湿っぽい感じになってしまったのだ。そこで、いま少し明るい曲調に手直しして芸術倶楽部へ譜面を持参したところ、折しも須磨子と抱月は流行性感冒に罹って寝込んでおり、相談することがかなわなかった。

芸術座でも十月に入ったあたりから座員たちに患者が出始めていたが、二十日頃にまず須磨子が発熱し、つきっきりで看病にあたっていた抱月に感染《うつ》ったらしい。その後、十一月になって晋平がふたたび訪ねると、須磨子はすっかり癒《よ》くなって稽古に復しており、抱月も寝床に起き上がり、高く積み上げられた布団に寄り掛かって座員と話をしていた。

晋平はいくらかほっとし、しかしながら初日まではあと数日しかなく、病み上がりの二人に無理をさせるのも憚《はばか》られて、結局、曲を差し替えてはどうかとはいい出せなかった。

そうしたわけで、昨夜は自分でも往生際《おうじょうぎわ》がよくないと思いつつ、日付が変わる頃まで楽譜と睨めっこをしていたのであった。

「あら、どうしたのかしら。こんな早くに」

敏子が玄関のほうへ顔を向けた。「中山さん、電報です」と男の声が聞こえている。

「いいよ、僕が出よう」

表では雨が降っているらしく、配達夫から受け取った紙片はいささか湿っていた。差出人の欄には、芸術座とある。

——シマムラシス　スグコイ

電文に目を走らせ、晋平は息を呑んだ。

いったい、どういうことだ。このあいだは、ずいぶんと快復なさっていたではないか。問いがぐるぐると頭に渦巻く。

すぐにでも駆けつけたかったが、勤め先を無断で休むわけにはいかない。いったん学校に顔を出し、午前中で早引けして芸術倶楽部へ向かうと、内玄関で雅一と一緒になった。

「佐々山さん、先生が……。どうして、このようなことに」

「中山君、こっちも何がなんだかわからんのだ。今朝がたうちに電報が来て、取るものもとりあえず市子義姉さんのところへ行ったんだが、芸術座から義姉さんには、何の報せも届いてなくてね。春子も君子も、もう家を出たあとで……。とりあえず、わたしだけ先にこちらへ」

裏二階の廊下には、線香の匂いがたちこめていた。芸術座の座員たちが慌ただしく六畳間に出入りしており、そのうち一人が晋平の顔を見て、中へ入るようにと目顔で示してくれる。

部屋の敷居をまたぐと、亡骸の顔を覆っている白布が目に飛び込んできた。

「せ、先生」

電報を受け取ったときからある程度は覚悟していたが、晋平は全身の力が抜け、頽《くずお》れるように膝をついた。

布団を挿んだ向かい側には、須磨子が紙のように白い顔をして座っていた。目を泣き腫らし、膝の上でハンケチを握りしめている。隣にいる脚本部員、川村花菱の手で白布が取り除かれると、土気色をした抱月の死顔があらわれた。眼窩が落ちくぼみ、頬骨ばかりが異様に高く突き出ている。

「兄さん……」

声をかすれさせた雅一が、須磨子をきっと睨みつけた。

「なぜ、こんなに悪くなるまで放っておいたんだ」

「ち、違うんです。昨日の朝は、気分がよいといって起き上がられ、お粥をぜんぶ平らげておられました。ですから、あたしも舞台稽古へ参ったんです。しっかり稽古をしてきてくれと、そういって送り出してくだすって、それなのに……。あたしだって、臨終に間に合わなかったんです……」

肩を波打たせながら、須磨子が声を絞り出す。

明治座での舞台稽古は幾つもの手違いが重なって大幅に時間が遅れ、午前三時頃に須磨子が芸術倶楽部へ戻ってきたときには、すでに抱月は息を引き取っていたと、川村がいい添える。

晋平は唇をふるわせた。

「ここには小林さんの一家がおられたはずです。もう少し、何とかできなかったんですか」

「先生に付き添っていたのは、宮坂《みやさか》の野郎だけだったんだ。ほかの座員たちは、みんな舞台稽古で出払っていて……。何というか、宮坂には頭のねじが一本足りないようなところがあるだろう。小林さんを起こしてくることに、頭が回らなかったらしいんだ。かろうじて医者を呼んだのも、先生ご自身が宮坂にお命じになったそうで……」

「じゃあ、最期を看取ったのは医者と看護婦、それに宮坂さんだけだったんですか」

先生は、どんなに寂しく旅立たれたことだろう。ほんの一ヶ月前、抱月はその亡骸が横たえられているあたりに大きな地図を広げ、今後の抱負を語っていたのである。

——旅から旅の明け暮れにも、ようやく区切りがつきそうです。

晴れ晴れとした声が、耳によみがえる。次の瞬間、胸のよじれるような悲しみが込み上げ、晋平の目に新たな涙が盛り上がった。

背後にざわざわした気配がして振り返ると、これも脚本部員の楠山正雄に案内され、坪内逍遥が部屋に入ってくるところだった。逍遥は沈痛な面持ちで、集まっている人たちの誰にともなく首を左右に振って見せながら、晋平が退いた場所に膝を折った。

「いやはや……」

そういったきり、逍遥は抱月の死顔に憐《あわ》れむような視線を注ぐと、静かに手を合わせる。

「坪内先生、わたくしの不行き届きで、このようなことになりまして……」

須磨子が声を詰まらせると、両手を膝に戻した逍遥が顔を上げた。

「このたびは、なんとも残念なことであった。島村君や芸術座の動静については、新聞などでうかがい知る程度ではあったが、先ごろ松竹と提携したというので、彼もこれからは文学を研究する余裕ができるのではと、ひそかに喜んでおったのじゃ。彼は文学の方面でこそ光彩《こうさい》を放つ人物と、信じておったのでな。しかし、いまとなっては詮ないこと」

口ぶりは淡々としながらも、声音には凍てついた大地に春の雨が染み込んでいくような温かみがあった。

「島村君は、芸術への大きな夢を抱いておった。松井君、きみや残された者たちはその遺志を継ぎ、さらに精進を重ねること。それが彼に対する何よりの供養になる。今後の芸術座の歩みに、わしも陰ながら声援を送ろう。いちおう断っておくが、世間で取り沙汰されておるようなわだかまりは、いっさい持っておらぬのでな」

「な、なんとありがたいお言葉で……」

須磨子が袖で顔を覆い、嗚咽する。次第に呼吸が激しくなり、引きつけを起こしそうになったのを見て、川村が須磨子を脇から抱えるようにして次の間へ下がらせた。

襖が閉まるのを待って、逍遥が抱月の死顔に目を戻す。

「享年四十八とは、いくらなんでも早すぎる。ひと回りも齢下の島村君を見送ることになろうとは、思うてもおらなんだ。しかし、こうなる前になにゆえ入院させなかったのか。元来、島村君は蒲柳《ほりゅう》の質で、心臓が弱いのを当人も心得ておったじゃろうに。数年前には肋膜炎に罹ったこともあるのだし」

「じつは亡くなる三日ほど前でしたか、往診にきた医者から入院を勧められてはいたんです。ですが、松井さんがそれを嫌がりまして」

おずおずと応じる楠山に、逍遥が眉をひそめる。

「その、大きな病院に入院すると、先生のご家族が見舞いにいらして、松井さんを病室に入れてくれなくなるからと……。先生は松井さんの気持ちを思いやられ、こちらで療養を続けられたのです。我々も、もっと気を遣うべきでした。自分たちが罹ったときはそうひどくならなかったので、よもや先生が死に至られようとは」

楠山がうなだれると、逍遥は瞼《まぶた》を閉じて沈黙した。

晋平はズボンの膝をぎゅっと摑む。己れがそばに仕えていれば、こんなことにはならなかったのに。断じて、こんなことにはさせなかったのに。

しばらくして、部屋の入り口がふたたびざわめいた。

「島村先生のご家族がお見えになりました」

ひそひそと会話していた人たちの声がふっとやみ、市子が腰をかがめて入ってきた。後ろには春子や君子、秋人の姿もある。晋平が島村家を出たときには女学生であった春子と君子はぐっと大人っぽくなり、秋人も中学校の制服を身に着けている。

市子は抱月の亡骸を目にすると、一瞬、たじろいだように足を止めたが、逍遥から声を掛けられ、うながされるままに亡骸の枕許へ子供らと膝を並べた。

逍遥が低い声で悔やみを述べ、市子がじっと耳を傾けている。

すると、次の間の襖が開き、川村に身体を支えられた須磨子が戻ってきた。先刻の場所へ膝を折る須磨子を、市子が射《い》すくめるような冷たい目で見据えている。

周囲になんともいえない緊張がはしった。

「お、奥様、お久しゅうございます。わたくしが至らぬばかりにこのようなことになり、まことに申し訳ございません」

須磨子がいくぶん声を上ずらせ、畳に手をつかえる。

「こうなったのは、あなたのせいではありません。すべて、島村の身から出た錆《さび》です。島村が家を出ていったときから、わたくしどもは他人と思っておりますから、どうなろうと知ったことではないのです」

あらゆる感情を押し殺した市子の声が、静まり返った部屋に響く。

市子と須磨子がじかに顔を合わせるのは、およそ六年前、須磨子が島村家を訪ねてきて以来である。

「おのおの方、しばらくのあいだ、島村君とご家族だけにして差し上げてはどうじゃろう」

逍遥の声に、人々が顔を見交わしてうなずき合った。須磨子は何かいいたそうに口を開きかけたが、すかさず川村が腕を引いて立ち上がらせた。晋平も腰を上げ、ほかの人たちに続いて部屋の入り口に向かう。

「中山さんは、一緒にいていただけませんか」

振り返ると、春子がこわばった表情で晋平を見上げていた。君子と秋人も、心許なさそうに部屋を見回している。

春子と君子は芸術倶楽部の事務室に抱月を訪ねたことがあるようだが、裏二階のこの部屋に入るのはおそらく初めてに相違ない。ここは父親とその情人の生活の場、いわば敵方の根城《ねじろ》であった。

市子と雅一のほうに目を向けると、どちらも異存はなさそうだ。晋平は、抱月の足許に座っている君子のかたわらに腰を下ろす。

「時間など気にせず、心ゆくまで島村君とお別れなさるとよい」

しまいに逍遥が部屋を出ていくと、その場に張り詰めていたものがわずかに弛んだようだった。

「お父さま……。ほんとうに死んじゃったのね。こうしていても、ちっとも温かくならないんだもの」

布団の裾をめくり、抱月の足をさすっていた君子が、そういってすすり泣きを始めた。それに誘われたように、市子と春子の目からも涙がこぼれる。秋人は膝に置いた手を固く握りしめ、暗い目で亡骸を見つめていた。

「今月の初め、先生は寝床に起き上がって座員と話しておられました。僕は話さなかったのですが、ひと言でも言葉を交わせばよかったと、それが悔やまれてなりません。この二日ほどで、にわかにお悪くなられたそうで」

晋平も涙声になりながら話すと、しばしのあいだ、しめやかな時が流れる。

「こうして見ると、兄さんは一座を率いて各地を飛び回っていたんだな」

雅一が感慨深そうにつぶやいた。目を向ける先には、芸術座の巡業先で撮影された写真が、写真立てに入れて並べられている。座員たち一同が揃っているものもあれば、抱月と須磨子だけで写ったものもあった。

「日本の国内ばかりでなく、外地へもいらして、巡業した土地は二百ヶ所近くになるとうかがっています」

「そんなに……。一か八かの渡世をあんなに毛嫌いしていたのに、結局、元の木阿弥《もくあみ》だ」

雅一のいわんとするところを、晋平はとっさに摑みかねたが、少しして、それがたたら製鉄のことを指しているのだと思い当たった。

目許にハンケチをあてていた春子が、抱月の死顔をのぞき込んだ。

「最後まで勝手なことばかりして……。お父さまのせいで、うちはめちゃくちゃだわ」

「姉さん、そんなふうにいっては、お父さまがお可哀想よ」

君子が赤くなった目を春子に向ける。

「可哀想なのは、わたしたちのほうじゃないの。お母さまやわたしたちまで、ありもしないことをさんざん記事に書かれて……。わたしは恥ずかしくて大学を辞めるしかなかったし、縁談だって一つもこない。君子も敏子も、いまに同じ目を見るに違いないんだから」

「姉さん……」

「ああ。だけど君子のいう通り、お父さまもお可哀想なのかもしれない。あのひとにさえ出会わなければ、こんな終わり方はなさらなかったでしょうに」

春子が首をめぐらせ、須磨子が控えている次の間の襖を見る。怨嗟《えんさ》のこもったその目が、母と子が舐めてきた辛酸《しんさん》の日々を物語っているようだった。

「いいえ、これで終わりではありませんよ」

ごく静かに、しかしきっぱりと市子が口にした。

「家族を捨てて女に走った憎い人。だけど、これでようやくわたしたちのところに帰ってくる。これからはずっと、わたしたちと一緒です」

ねえ、あなた。そっとつぶやくと、市子は冷たくなった抱月の頬をしみじみとした手つきで撫でた。

二十四

明治座での『緑の朝』の初日は休演となったが、二日目には定刻に幕を開けた。

主人公イサベルラに扮する須磨子は、芸術座座主として抱月の通夜、青山斎場での葬儀、雑司《ぞうし》ヶ谷《がや》墓地での納骨式に参列するかたわら、連日、舞台を立派に務めた。晋平が曲の差し替えをとうとういい出せなかった劇中歌は、恋人を殺されたイサベルラがその亡骸を腕に抱く場面でうたわれ、哀感を帯びた曲調が図らずも須磨子の胸中をそっくり表しているようで、見物客の涙を誘ったのだった。

十一月二十六日に千秋楽を迎えたのち、芸術座は十二月一日から横浜で八日間、十一日から横須賀で五日間、それぞれの舞台で『生ける屍』と『帽子ピン』を上演している。それがすんで帰京すると、休む間もなく正月公演の稽古に入った。

抱月の四十九日を翌日に控えた十二月二十二日、芸術倶楽部の舞台裏にある稽古場で、晋平は須磨子の歌の指導にあたっていた。

煙草のめのめ　空まで煙せ

どうせこの世は癪のたね
煙よ煙よ　ただ煙
一切合切　みな煙

演目はメリメ原作『カルメン』で、川村花菱が脚色を務めている。劇中歌「煙草のめのめ」の歌詞は北原白秋、作曲はもちろん晋平が受け持った。

「松井さん、だいぶ上達しましたね。カルメンらしい蓮っ葉で投げやりな感じも出ているし、音程もきちんと取れていますよ」

備え付けられたピアノの前に座る晋平に声を掛けられ、銘仙の着物に羽織を引っ掛けた須磨子が小さくうなずく。

「この曲は、わりあいにうたいやすいわ。リズムも威勢がいいし」

そうはいったものの、声のほうはあまり威勢がいいとはいえなかった。顔色も冴えない。

「少しお疲れになったようですね。休憩しましょうか」

「さほど疲れちゃいないけど……。それにしても」

須磨子はかたわらに置かれた舞台道具の肘掛け椅子につかつかと近づき、すとんと腰を下ろした。

「脚本部の人たちときたら、頭にくる」

「また、何かあったんですか」

晋平は尻をずらし、須磨子に向き直る。

「あの人たちは、あたしの何もかもが気に入らないのよ。島村先生が亡くなったその日に、芸術座の電話が島村瀧太郎から小林放蔵に名義を書き換えられていたのだって、あたしが放蔵兄さんに頼んだのだと決めつけてかかったし、座員たちに給金を支払うのが遅れたのも、松竹から入ってきたお金をあたしがぜんぶ横取りしようとしてるんじゃないかと疑いの目で見たし、挙句の果てには、あたしと楠山さんの仲が怪しいといい出して、楠山さんを問い糾す集まりまで開く始末」

腹立たしそうにいって、須磨子は親指の爪を歯にあてた。

「お気持ちはわからないでもないですが、少し落ち着いてください。先生が急にお亡くなりになって、脚本部の方々も混乱なさっているんでしょう」

芸術座が松竹合名社と提携したのを機に、抱月が座内に発足させたのが脚本部だった。芸術座で上演する劇の研究や脚本の執筆、選択、立案などにあたる部署で、中村吉蔵を筆頭に秋田雨雀、川村花菱、楠山正雄、本間久雄、長田秀雄《ながたひでお》らが名を連ねた。つまるところ組織の改革が行われたわけで、それまで抱月が一人で担ってきた役どころを脚本部員に割り振り、数人の上層部が一座を引っ張っていく体制に切り替えたのだ。そうすることで、抱月は若い脚本家や舞台監督を育てようともしたのである。

だが、新たな体制を組んで動き始めた矢先に、抱月が急逝した。この一ヶ月半というもの、残された脚本部員たちは連日のように膝を突き合わせ、今後の事業をどのように進めていくかを話し合っている。しかし、事は順調に運んでいない。

それもそうだろう、と晋平は思う。なぜといえば、脚本部員のほとんどは芸術座を一度やめたことのある、いわゆる出戻りの男たちで、一座を力強く束ねていけそうな人物は見当たらない。

須磨子が爪を噛むのをやめ、肩をすくめた。

「中山さんにも、いろいろと厄介をかけたわね」

先週の日曜のことをいっているのだと、晋平はすぐに察した。

抱月の遺産相続については、六名から成る整理委員会が設けられ、島村家と須磨子のあいだに立って協議が行われた。その結果、芸術倶楽部の建物と電話をひとまず島村家の名義とし、それを須磨子が買い取るという話がまとまり、両者ともいったんは納得した。だが、証書に判を押す段になって、建物など欲しくないと須磨子がごねだしたのだ。これにあきれ果てた整理委員会から島村家側の交渉役となっている雅一へ連絡がいき、雅一が晋平の家に「助けてもらえないか」と駆け込んできた。先週の日曜は、そうしたわけで、晋平は芸術座が興行している横須賀まで足を運び、須磨子の説得にあたったのだった。

「先だってもいいましたが、この建物は先生と松井さんが長年かけて積み重ねてきた苦労の賜物《たまもの》です。ここを建てることに先生がどれほどの情熱を注いでいらしたか、そばにいた松井さんがよくご存知でしょう。あなたが引き継いで守っていかなければ、ほかの誰が守れるというんですか」

「あたし、女優を辞めるつもりだったのよ。辞めたらこんな建物を持っていても、意味がないでしょう。だけど、中山さんにそういわれて思い直すことにした。明日、法要が始まる前に島村家の人と会って、証書を取り交わすの。これで一つ、片が付くわ」

須磨子が肩を大きく上下させた。

「とはいえ、脚本部の人たちは、どうにかならないかしらね。みんな、しかつめらしい顔をしてるけど、じつのところは先生の後釜を狙って、お互いの出方をうかがってるのよ。ほかの人よりも頭一つ上に立つには、あたしをものにするのがいちばん手っ取り早いと心得ていて、誰かが抜け駆けしそうになると途端につかまえて引きずり下ろす。楠山さんの一件が、いい例だわ」

「なんと、これは驚いた。松井さん、それに気づいていて、気づかないふりをしてるんですか」

楠山と須磨子の仲をめぐって不平をいい合う脚本部員を、晋平もまったく同じように見ていたのだ。

須磨子がわずかに胸を高くした。

「これでもあたし、女優ですよ。演技の第一は、人間をじっくり観察すること。みんなして変にぎらぎらした目をしてるんだもの、それくらいは察して当たり前。もっとも、当人たちは気づいてないだろうけど」

「へえ、おみそれしました」

「そういえば、こうしていても中山さんの目はぎらついてないわね」

「僕は身の程をわきまえていますから。一座を率いるだけの器量は持ち合わせていませんし、そこまで松井さんに見込まれてもいない」

「あら、よくわかってるじゃないの」

天井を仰ぎ、須磨子がさも愉快そうに笑った。

脚本部員たちのありさまから、抱月の跡目を争う光景が浮かび上がってくるように、須磨子が抱月と同等か、それ以上の値打ちを持つ男の力にすがりたいと望んでいるのが、晋平にはありありと見て取れた。男たちに下心を抱かせる何かを、須磨子もまた知らず知らずに発している。それが己れに向けられていないからこそ、わかるのだ。

晋平は須磨子から頼りにされていないことに安堵《あんど》し、そんな自分を薄情だと思った。

笑い声がやみ、須磨子が遠くを見つめる目になった。

「島村先生と巡業の旅に出ているときが、あたしのほんとうの人生だった。北へ南へさすらう毎日に、生きている実感があった。先生が守ってくだすっていたからここまでやってこれたんだと、このごろになって身に沁みているわ」

「芸術座は松井さんがいなくては成り立たないと、先生はよくおっしゃっていましたよ」

「寂しいわねえ。せめて先生とのあいだに子供でもあれば、気が紛れるんだろうけど……。お嬢さんも坊っちゃんも、先生に目鼻立ちが似ていらした。奥様がうらやましいわ」

「子供がなくても、松井さんには芸術座があるじゃありませんか」

「正妻の立場って、つくづく強いのね。お葬式のお焼香も、奥様とお子さん方が最初になさって、あたしなんかは後まわしにされて」

「松井さん……」

「奥様がおいでになろうと、いつも先生のおそばにいるのはあたし。先生のことを、誰よりわかっているのもあたし。それでいいと思ってた。だけど、それだけだった。いまのあたしには、何もない」

伏せられた瞼の下から、光るものが一筋、流れ落ちる。

「何もないなんてことはありませんよ。先生は、松井さんの中に芸術の種子を蒔《ま》かれたんです。松井さんは、これから演技にいっそう磨きをかけて、先生が目指しておられた芸術を完成させなくては。坪内先生も、そうおっしゃったではありませんか」

「……」

「あなたほどずくのある人はいないと、僕は文芸協会の演劇研究所で初めてお見掛けしたときから感服しているんです。どうか、こんなことでへこたれないでください」

晋平がいうのを聞いているのかいないのか、須磨子はうつむいたきりだ。

「いっそ死んで先生のおそばにいけたらいいのに……。死ぬときは二人で一緒にと約束しておきながら、どうして一人だけで逝《い》っちまったの」

ひとり言のようにつぶやくと、煙よ煙よただ煙、一切合切みな煙、と、か細い声でうたいだす。

抱月がこの世を去って幾日経とうとも、須磨子の悲しみは薄らぐどころか、深まるばかりのようだった。ときには笑顔になっても、次の瞬間にはさめざめと泣いている。抱月の死を頭ではわかっているのに、心がついていかないふうでもある。

涙で頬を濡らしながらうたい続ける須磨子を、晋平は見るに忍びない心持ちがした。

「あの、松井さん。僕の手許に、ノートがありまして」

須磨子がうたうのを止め、首をかしげた。

「ノートって……」

「先生から松井さんに宛てたラヴレターを、書き写したノートです。いろいろと訳合いがあって、ラヴレターそのものは燃やされてしまったんですが」

「そんなものがあるの……?」

潤みを帯びた目が、わずかに見開かれる。

「一度、ご覧になりますか」

いくらかでも須磨子を力づけることができればと思った。己れの薄情がこれで少しは帳消しになるだろうかと、小ざかしく考えたりもした。

須磨子の顔つきが、にわかにあらたまった。

「見るわ。見せてちょうだい」

「かしこまりました。こんどお持ちします」

「なるたけ早くね。きっとよ」

二日ほどしてノートを持参すると、須磨子はカルメンのダンスの振り付けを教わっているところだった。晋平の許へ小走りに近寄ってきた須磨子は、軽い会釈をしてノートを受け取り、そのまま稽古に戻った。

その年も暮れ、芸術座の正月公演は大正八年一月一日、有楽座での『カルメン』と『肉店』で幕を開けた。

晋平が劇場に足を運んだのは二日で、観客席は大入りだった。舞台上では照明の光がきつくなるほど影も濃くなり、カルメンの須磨子は頬のやつれようがかえって目立ったが、芝居ぜんたいを支配する演技は堂に入ったもので、さすがは大きな女優だと晋平は恐れ入った。

ただ、歌をうたう場面で、音程がいくぶん揺らいでいるのが気に掛かった。台詞のほうも、須磨子にしては珍しく、一つ二つ、とちったようである。

世の中には依然として、流行性感冒が蔓延している。劇の上演中も、あちらこちらで咳の音が聞こえた。晋平は用心のために終演後も楽屋には顔を出さず、まっすぐ家路についた。

須磨子が芸術倶楽部の稽古場脇にある大道具部屋で縊死《いし》したのは、それから三日後の早朝であった。

二十五

昭和十年六月中旬――

晋平は四年ほど前に新築した自宅の書斎兼仕事場で、外出の身支度をととのえていた。部屋着にしている着物を脱ぎ、三越で誂《あつら》えた襯衣《シャツ》と三つ揃いの背広を身に着ける。敏子が選んでくれたネクタイを締めると、壁際に掛かっている鏡の前に立って胸許から上を映した。

肉付きのよい丸顔にやや短く刈り上げられた髪、人懐こそうな目、鼻の下に髭をたくわえた男が、いくぶん気恥ずかしそうにこちらを見返している。

「数え四十九か……。少しばかり老けたな」

額へ横に刻まれた皺が深くなった気がして、鏡をじっとのぞき込んだ。いつのまにか、亡くなった父の年齢も、抱月のそれも超えてしまった。

「あなた、お支度はすんでいらっしゃいますか。迎えの車が見えましたけど」

部屋のドアが開き、敏子が顔をのぞかせた。

「うん……。なあ、ちょいと派手なんじゃないか。紺の背広に、臙脂《えんじ》色のネクタイは」

「あら。思った通り、よく似合っておられますこと。お顔が映えて、全体がぱりっとして見えますよ」

「ふむ、そうかね。では、これで行こう」

敏子の聡明そうな目許へ浮かんだ笑みに太鼓判を押してもらった心持ちがして、晋平は部屋を出た。敏子が革の鞄を抱えて従いてくる。

「これから新聞社のインタビュー取材を受けて、そのあとビクターの吹込み所で、レコードの吹込みに立ち会う約束がある。帰りは遅くなるだろうから、先に夕食を食べて休んでいなさい」

「かしこまりました」

敏子から鞄を受け取って玄関を出ると、高校生になった長男の卯郎《うろう》がすでに見送りに立っていた。今日は学校が午前中で終わったらしい。長女の梶子《かじこ》は小学校に行っている。

「父さん、気をつけて行ってらっしゃい」

「うむ。母さんにもいっておいたが、今夜も遅くなりそうだ。戸締りをしっかりするように」

そういい置いて、晋平は門口に横付けされた黒塗りの自動車に乗り込んだ。

東京市中野区本町通《なかのくほんちょうどお》りを出発した車は、新宿、四谷《よつや》を経て宮城のお濠をまわり込み、じきに丸ノ内へさしかかった。

丸ビルに海上ビル、郵船ビル……。一帯には鉄筋コンクリートの高層貸事務所建築、すなわちビルディングが整然と建ち並んでいる。十二年ばかり前に起きた関東大震災から再建された、帝都中心地の堂々たる景観であった。

ただ、昭和六年には満州事変、翌七年には上海《シャンハイ》事変が起こり、昨今は世間にきな臭い空気が漂っているのを、晋平も肌で感じている。

インタビューを受けることになっているのは、お濠端にある新聞社だ。車を降りた晋平は、これもまた瀟洒《しょうしゃ》な外観を持つビルの玄関を入っていった。

エレベーターに乗って五階の応接室に案内されると、晋平は黒い革張りのソファに腰を沈めた。白いブラウスに紺色のスカートを穿《は》いた女子事務員が茶を出して下がっていくと、胸の内ポケットから朝日の二十本入りを取り出し、テーブルの上のマッチを擦った。

煙草を吸い始めたのは、いつ頃であっただろう。いまでは筋金入りの愛煙家で、自宅でも曲を作っているあいだは、ずっともくもくふかしている。

一本吸い終わる頃に、インタビューを担当する記者があらわれた。

「どうも、お待たせしてすみません」

晋平よりも二つ三つ齢下だろうか、すっきりとした目許に知性が滲んでいるような、しかしそれが嫌味ではない男だった。

「中山晋平先生、このたびは作曲生活二十年、おめでとうございます。本日は先生の来し方と申しますか、これまでの二十年を振り返りながら、お話をうかがいたいと存じます」

「来し方といっても、ただそのときにできることをがむしゃらにやってきたようなものでしてね。しかし、話せることはどんなことでも話しますから、何なりと聞いてやってください」

芸術座で「カチューシャの唄」を作曲してから、正確には二十一年目となるいま、晋平は日本ビクターの専属作曲家として活動している。このほど、東京音楽学校の同期だった友人たちやビクターが「作曲生活二十年記念音楽会」を企画してくれ、来月、東京宝塚劇場で開催される運びとなった。そうしたわけで、このところは新聞や雑誌などの取材を受ける機会が増えている。

簡単な挨拶をすませ、記者が本題に入った。

「まずは先生の生い立ちをお聞かせください。お生まれは信州でいらっしゃいますね」

「信越線の汽車を長野電鉄に乗り換えて、渋温泉へ向かう途中に中野という町があるんですが、そこから一里ほど東南へ入ったところにある小さな村が、生まれ故郷でして……」

記者の手にある取材帳には、あらかじめ晋平の経歴が書き付けてあるのだろう。生い立ちに始まって郷里の思い出、上京して島村抱月の書生となった経緯、東京音楽学校での学生生活と、順を追って話が進んでいく。

いずれの会社で受けるインタビューも似たようなもので、晋平も慣れてきており、質問に答えているうちにはずみがついてくる。

「我が国初の流行歌となった『カチューシャの唄』は、どのように作曲なさったのですか」

「私は曲を作るのが早いほうではないのですが、あのときは大変な難産で、苦しみ抜きました。島村先生から大役を仰せつかって、肩に力が入りすぎていたのでしょうな」

それからしばらく、芸術座のために作った劇中歌の話題が続いた。「ゴンドラの唄」「さすらひの唄」「にくいあん畜生」「森の娘」「煙草のめのめ」など、曲作りで苦心した事柄を、訊ねられるままに答えていると、やがて、メモを取っていた記者が鉛筆を握り直した。

「大正七年十一月に島村抱月氏、翌八年一月に松井須磨子女史が亡くなり、芸術座は活動を終えたのですが、その時分の中山先生はどういった心境でいらしたのか、お聞かせいただけますか」

インタビューの依頼を受け入れるにあたっては、抱月と須磨子の恋愛問題や、島村家の市子や子供たちにかかわる質問を控えてほしいとの条件を付けてはいるものの、記者としても抱月と須磨子の死に触れることなく話を進めるわけにはいかないようで、それは晋平にも理解できた。

「お二人とも唐突に帰らぬ人となられ、胸が塞がる思いでした。私が世の中に少しばかり認められるようになったのは、お二人の存在があってのことでしたし……。松井さんのお通夜の最中でしたか、中山君も残念ながら須磨子が死んじまったんじゃおしまいだね、といい放った人もいましてね。暗澹《あんたん》たる心持ちになったものです」

「なにくそとお思いにはならなかったと」

「そりゃ、反発する気持ちもありましたよ。だが、そのときは先行きの見当がまるでつきませんで……」

抱月と須磨子が急逝した段に話が及ぶと、どうしてもいろいろと思い出してしまう。

「あの、煙草を吸っても？」

「もちろんです。どうぞ」

晋平はふたたび朝日を取り出して火をつけると、深く煙を吸った。天井の隅を見上げ、煙を吐き出す。

抱月の他界からきっかり二ヶ月後に自死した須磨子は、四番目の兄である米山益三《よねやまますぞう》、坪内逍遥夫妻、伊原青々園《いはらせいせいえん》に宛てた三通の遺書を遺していた。いずれにも共通しているのは、抱月のあとを追うということと、自分の遺骸を抱月の墓に埋葬してくれということだった。
抱月と墓を一緒にしてほしいという望みは、だが、かなえられることはなかった。島村家が断固として拒んだのである。世間からは市子を冷淡な女と非難する声も上がったが、晋平はどちらの心情も痛いほどわかるだけに、事実をありのまま受け止めるほかはなかった。

余談ながら、抱月のラヴレターが書き写されたノートは、須磨子の死後、芸術倶楽部に置かれた彼女の金庫から財産目録などにまじってあらわれ、いささかの経緯を経たのちに晋平の手許へ戻ってきた。いまは自宅で保管しているが、晋平は今後、誰にもそのノートを見せるつもりはない。

芸術座が終焉を迎えたのち、晋平は小学校の教員を続けながら、知人から頼まれた劇中歌をいくつか作ったりもしたが、あまりしっくりくるものはなかった。
児童向けの雑誌『小学女生』に童謡の曲を書かないかと声を掛けられたのは、そうした頃である。折しも、子供たちの自由な心に訴える詩的な文学や歌を作ろうという童謡運動が世の中に興り、『赤い鳥』や『金の船』といった、すぐれた童話や童謡を載せる雑誌が次々に創刊されていた。日ごろ、教育の場で子供たちと接している晋平も、文語調の堅苦しい唱歌には不満を覚えていたので、この運動には大いに共鳴したのだった。

まずは相馬御風の詞に晋平が曲をつけた「美しい『お早う！』」で『小学女生』の依頼に応えると、その後も『金の船』や『少女の友』、『コドモノクニ』などに童謡を発表した。

「芸術座が幕を下ろしたあと、先生は童謡、新民謡、そして歌謡曲と、手掛ける分野を広げてこられました。心に残っている曲や、それらにまつわるお話をうかがえたらと思うのですが」

晋平が一服し終わった頃合いを見計らって、記者が声を掛けてきた。

わずかに思案したのち、晋平は口を開く。

「いずれの分野にしても、歌というのは作詞家と作曲家が二人三脚でこしらえるもので、歌詞から漂う詩情と曲想とは、切っても切れない関係でしてね。北原白秋さんや野口雨情《のぐちうじょう》さん、近ごろでは西条八十《さいじょうやそ》さんと手を組むことが多いでしょうか……。北原さんには芸術座の劇中歌でも『さすらひの唄』や『にくいあん畜生』などの詞を書いてもらいましたが、あの人は名人肌で、なかなかの気難し屋でね。だが、私が結婚するときにはエナメルの靴を買ってくださったりして、面倒見のいいところもあるんですよ。野口さんの詞には、民謡を下地にした土の匂いがあって、こちらもそういったことを意識して曲を作ります。童謡だと『シャボン玉』、『兎《うさぎ》のダンス』、『証城寺《しょうじょうじ》の狸囃子《たぬきばやし》』……。その土くささを活かすにはどうしたらよいかと、野口さんと各地の民謡を調査する旅に出たこともありました。それが、のちに新民謡の作曲につながったんです。北原さんと野口さんは私よりも年長だが、西条さんは五つ齢下で、フランスに留学されたこともある。『肩たたき』や『鞠と殿さま』といった童謡は、西条さんの洗練された感覚が活きるように工夫しました」

「ほう、詞の持ち味を活かした曲作りを心掛けておられるのですね。私事で恐縮ですが、我が家の息子は先生が作曲された『てるてる坊主』や『背くらべ』をうたって育ったようなものです。学校の遠足がある前の日に、てるてる坊主を軒先に吊るしながら、歌を口ずさみましてね」

「そうですか。私はかねがね、童謡を作曲する人は子供の親友であるべきだと考えていますので、そうおっしゃっていただけると嬉しいです」

「昭和の時代になると、日本ビクターの専属作曲家になられましたね」

「専属になったおかげで生活は安定しましたが、それにも増して、売れる歌を作らなくてはならないという重圧が両肩にのしかかってきますから……。まあ、それでも『波浮の港』や『出船の港』が当たって、幸先のよい出だしとなりました。その後も、『当世銀座節』や『マノン・レスコウの唄』、『東京行進曲』、『東京音頭』——これらは西条さんの書くモダンな詞が受けたのもあって、売れに売れてくれまして……」

「『東京音頭』のレコードが出たのが、おととしでしたか、あの夏は東京市内の空き地という空き地に櫓《やぐら》が組まれて、浴衣がけの市民がスピーカーから流れてくる歌に合わせて踊り狂っていましたね。かくいう私も、そのうちの一人ですが」

苦笑まじりに記者がいい、言葉を続けた。

「あらためて中山先生の作られた曲目を眺めてみますと、歌の中に印象的な囃言葉が入っている曲が多いですね」

「曲を作っていて苦心するのも、まさにそこでしてね。囃言葉が入るだけで歌にリズムが加わり、曲がにわかに生き生きしてくることも少なくないんです。思えば、『カチューシャの唄』を作ったときに、〈ララ〉という合いの手をひらめいたのが大きかった。とはいえ、ララもそうですが、『証城寺の狸囃子』の〈証、証、証城寺……〉といううたい出しにしろ、〈己等の友達ァ　ぽんぽこぽんのぽん〉という囃言葉にしろ、それから『東京音頭』の〈ヤットナー　ソレヨイヨイヨイ〉という囃言葉にしろ、そうとう苦労してつけています。それこそ、考えつくまでに瘦せるような思いをしているんですよ。もっとも、こう、狸のような腹をしていては、あまり説得力がないかもしれませんがね」

そういって、この二、三年で目立つほど前にせり出してきた腹を背広の上からさすって見せると、記者が小さく噴き出し、それを目にした晋平も声を出して笑った。

「この二十年のあいだ、先生がどのように曲作りと向き合ってこられたか、楽しくうかがわせていただきました。インタビューは、これでおしまいです。お話をもとにして記事を書き起こしますが、ほかの記事との兼ね合いもありまして、新聞に掲載されるのが音楽会よりもあとになるかもしれません。ご了承いただけますでしょうか」

　取材帳を閉じた記者が、晋平に訊ねる。

「承知しました」

　晋平の手がしぜんと背広の内ポケットに入り、朝日を取り出す。

　すかさず、記者がマッチを擦ってくれた。

「ときに、もう一つ、うかがってもよろしいですか。あ、もちろん、記事にはしませんから」

「構いませんよ、何でしょう」

　首をかしげた晋平に、記者は遠慮がちな表情になる。

「その、中山先生は日本に一つしかない官立の東京音楽学校を卒業なさっていながら、交響曲や協奏曲といった楽曲はお書きにならないのですね。同じ学校を出られた山田耕筰《やまだこうさく》氏は、交響曲をはじめピアノ独奏曲なども作っておられるのに……。お気を悪くされたら、あいすみません。ですが、前から一度、お訊きしたかったんです」

　晋平は口許へ近づけていた煙草を唇にくわえることなく、そっと灰皿で揉み消した。

背筋を伸ばし、記者の目を正面に捉えると、穏やかな口調で応じた。

「大衆なくして芸術なし——島村抱月先生が示してくださった、それが私の道しるべなんです。ひろく庶民の心に分け入って、その人生をうるおしてこその芸術なのだと」

部屋の外に女の歌声が響いたのは、そのときだった。

いのち短し　恋せよ　少女
朱き唇　褪せぬ間に
熱き血汐の　冷えぬ間に
明日の月日の　ないものを

かつて晋平が作曲した「ゴンドラの唄」である。大正四年に芸術座が上演した『その前夜』の劇中で、松井須磨子らによってうたわれた。水の都ベネチアの夜、月あかりに照らされた海に浮かぶゴンドラから流れてくる恋の歌だ。寄せては返す波のリズムを八分の六拍子であらわし、情熱的な歌詞を甘く切ないメロディーが引き立てている。

どうして、この歌がこんなところで聞こえてくるのだろう。

いぶかしく思っていると、もとは一人であった歌声が、二人、三人と増えていくようだ。

いのち短し　恋せよ　少女
いざ手を取りて　彼の舟に……

「す、すみません。事務の女子諸君だと思います。給湯室がすぐ近くにあるものですから……」

声をうろたえさせている記者に、晋平は軽く手を掲げた。

「どうぞ気になさらないでください。自分の作った歌が、たくさんの方にうたってもらえて、作曲家冥利に尽きるとはこのことですよ」

そういわれても、なお気遣わしそうに廊下のほうへ目を向けていた記者が、ふと、何かに思い当たったような顔になった。

「大衆なくして芸術なし……。なるほど、そういうことか」

「ええ、そういうことです」

晋平はゆったりと微笑んだ。

廊下の歌声は、のびやかに続いている。

目をつむり、メロディーに合わせてハミングする。

抱月、須磨子、逍遥、相馬……。懐かしい人たちの面影が、脳裡に浮かんだ。

新しい演劇運動の下に集った人々が共鳴し合い、反目し合い、一人ひとりの放つ光が交差し、反射して、目のくらむような日々だった。あれが、わが青春だったのだ。

「カチューシャの唄」からこのかた二十年。あっという間だった気もするし、長かったようにも思う。

一ついえるのは、二十年はただの節目にすぎない。

この先も、命ある限り追い続けよう。

大衆の心と共にある音楽を。

大衆の心と共にある芸術を。

【登場人物】

・**坪内逍遥**　小説家、評論家、劇作家。昭和三年に「シェークスピア」全集の訳業を完成。著書に『小説神髄』『当世書生気質』などがある。

・**相馬御風**　詩人、評論家。口語自由詩を提唱。随筆作品等多くを発表。糸魚川へ帰郷後、良寛を研究する。

・**竹久夢二**　画家。日本画、水彩画、木版画、油彩画、デザインなども手掛ける。「夢二式美人」と呼ばれる美人画を多く発表。中山晋平の代表的な曲の楽譜発表にあたり装幀画も制作している。

・**東儀鉄笛**　音楽家、劇作家、俳優。『ベニスの商人』『人形の家』『シーザー』などに出演。日本音楽史の研究に打ち込む。

・**松居松葉**　劇作家。帝国劇場に勤めたのち、松竹の文芸顧問として脚本だけでなく演出家としても活躍。語学が堪能で欧米視察へも出かける。

・**田山花袋**　小説家。『蒲団』は自然主義文学を代表する作品。著書に『一兵卒の銃殺』『東京の三十年』『源義朝』などがある。

・**岡田美知代**　少女小説家。田山花袋に師事。女子英学塾（現・津田塾大学）予科に入学

後、田山家の養女となった時期もあるが、のちに小説家、永代静雄の妻となる。永代とも別れ、アメリカへ渡る。

・**片上伸**　評論家、ロシア文学者。早稲田大学ロシア文学科創設に伴い主任教授に就任。第三代早稲田大学文学部長に就任する。

・**白松南山**　社会学者、政治学者。『早稲田文学』に携わり、のちにドイツと英国へ留学。帰国し早稲田大学教授となる。

・**幸田延**　音楽教育家。日本人女性初の交響曲「大礼奉祝曲」（混声四部合唱付）を作曲。音楽家としてまた女性として初めて芸術院会員となる。兄は小説家、幸田露伴。

・**中村星湖**　小説家、翻訳家。著書に『半生』『星湖集』『漂泊』などがある。前田晁らと共に山梨県文化人の団体「山人会」を結成する。

・**秋田雨雀**　詩人、劇作家、童話作家。プロレタリア科学研究所長となり、のちに新協劇団結成に参加。舞台芸術学院長、日本児童文学者協会長を務める。

・**川村花菱**　劇作家、演出家。『金色夜叉』『不如帰』『乳姉妹』などの小説の脚本化に携わり、戯曲『母三人』は映画化される。

・**人見東明**　詩人。日本女子高等学院（現・昭和女子大学）を設立し理事長。企画・刊行した「近代文学研究叢書」が菊池寛賞を受賞。

・**中村吉蔵**　劇作家、小説家、演劇研究家。早稲田大学教授に就任。史劇『井伊大老の死』『大塩平八郎』などを執筆する。
・**前田晁**　小説家、翻訳家。博文館に入社。「文章世界」の編集に携わる。『陥穽』『ロビンソン漂流記』などを翻訳する。
・**本間久雄**　文芸評論家、英文学者。『早稲田文学』編集主幹後、英国留学へ。帰国後早稲田大学教授となる。文芸、歌舞伎、婦人問題などを評論する。
・**高田早苗**　早稲田大学第三代総長。のちに帝国学士院会員に。
・**市島謙吉**　早稲田大学初代図書館長後、日本文庫協会（のちに日本図書館協会）を設立し初代館長に。司書制度に携わる。
・**塩沢昌貞**　早稲田大学教授。政治経済学科長、第四代学長、第二代総長を歴任する。
・**金子馬治**　哲学者、評論家。初代演劇博物館長。著書に『時代思想之研究』『芸術の本質』などがある。
・**水谷竹紫**　劇作家、演出家。芸術座の再興にあたる。スポーツ社交団体「天狗倶楽部」メンバーの一人。女優、初代水谷八重子は義妹。
・**倉橋仙太郎**　俳優。新国劇創立に携わる。第二新国劇を創設後、西田天香とすわらじ劇団を設立する。

・**沢田正二郎**　俳優。芸術座をへて新国劇を結成。『大菩薩峠』『白野弁十郎』などに出演。
・**中井哲**　俳優。芸術座をへて新国劇にはいる。
・**笹本甲午**　新劇俳優。のちに歌劇俳優へ転身。営利を目的としない国立劇場の建設を提唱する。
・**長田秀雄**　劇作家。戯曲『歓楽の鬼』で注目される。『飢渇』『大仏開眼』等を発表。芸術座、市村座で活躍し、秋田雨雀とともに新協劇団に参加する。
・**北原白秋**　詩人、童謡作家。詩集「思ひ出」「東京景物詩及其他」「とんぼの眼玉」「赤い鳥小鳥」などの童謡集を発表。「あめふり」「待ちぼうけ」「からたちの花」などを作詞。
・**野口雨情**　童謡作品や詩集を発表。「船頭小唄」を作詞し、中山晋平に作曲を依頼。「七つの子」「赤い靴」「兎のダンス」「十五夜お月さん」「シャボン玉」を作詞する。
・**西条八十**　詩人、作詞家。童謡から流行歌と幅広く手掛け「東京行進曲」「東京音頭」「蘇州夜曲」「青い山脈」「越後獅子の唄」「この世の花」「王将」「絶唱」などを作詞する。
・**山田耕筰**　作曲家、指揮者。「からたちの花」「この道」「待ちぼうけ」「赤とんぼ」など数多くを作曲する。

【主要参考文献】

『唄の旅人　中山晋平』和田登著／岩波書店
『近代日本流行歌の父　中山晋平伝』菊池清麿著／郷土出版社
『信濃教育』第九四七号「特集　中山晋平の人と業績」／信濃教育会
『竹久夢二　大正ロマンの画家、知られざる素顔』竹久夢二美術館監修／河出書房新社
『父　逍遙の背中』飯塚くに著／中央公論社
『定本中山晋平　唄とロマンに生きた全生涯』町田等監修／郷土出版社
『中山晋平作曲目録・年譜』中山卯郎編著／豆ノ樹社
『中山晋平ノートによる　抱月、須磨子の恋愛と芸術』小林キジ著／月刊しなの
『日本新劇史　新劇貧乏物語』松本克平著／筑摩書房
『評伝　島村抱月　鉄山と芸術座』上下巻　岩町功著／石見文化研究所
『抱月全集』全八巻　島村抱月著／天佑社
『牡丹刷毛』松井須磨子著／新潮社
『松井須磨子　女優の愛と死』戸板康二著／文藝春秋
『早稲田文学』第一五七号「島村抱月追悼号」／早稲田文学社編

【初出】
「読楽」二〇二一年三月号、五月号、七月号、九月号、十一月号、
二〇二二年一月号、三月号、五月号、七月号、九月号掲載
単行本化に際し、大幅に加筆修正しました

志川節子　しがわせつこ
一九七一年島根県生まれ。早稲田大学卒業後、二〇〇三年「七転び」でオール讀物新人賞を受賞。江戸の商店街の人々を描いた『春はそこまで　風待ち小路の人々』が直木賞候補に。花魁を取り巻く人々の『手のひら、ひらひら　江戸吉原七色彩』、上野不忍池を舞台にした『花鳥茶屋せせらぎ』、江戸時代を舞台に花火が織りなす人間模様を描いた『煌』、日本の博物館の父、田中芳男を描いた『博覧男爵』、ご縁を取り持つ三十路の女〝おえん〟の『芽吹長屋仕合せ帖』シリーズがある。

アンサンブル
二〇二三年十一月三十日　第一刷
著　者　志川節子
発行人　小宮英行
発行所　株式会社徳間書店
〒一四一-八二〇二　東京都品川区上大崎三―一―一　目黒セントラルスクエア
電話（〇三）五四〇三―四三四九（編集）
（〇四九）二九三―五五二一（販売）
振替　〇〇一四〇-〇-四四三九二
組　版　株式会社キャップス
本文印刷　本郷印刷株式会社
カバー印刷　真生印刷株式会社
製　本　ナショナル製本協同組合

ISBN978-4-19-865717-8